小学館文庫

花蝶屋の三人娘

有馬美季子

JN148248

小学館

目次

花蝶屋の三人娘

第一章　三人娘の裏稼業

一

水茶屋の〈花蝶屋《かちょうや》〉では、初春から蘭《らん》と藤《ふじ》と桃《もも》が一斉に咲いている。

といっても花ではない。今が見頃の娘たちだ。

「いらっしゃいませ」

お蘭が淑《しと》やかに出迎えれば、

「お待ちしておりましたわ」

お藤が色気たっぷりに流し目を送り、

「ゆっくりしていってね」

お桃が愛らしいえくぼを作って声を弾ませる。

文化《ぶんか》十五元年（一八一八）、新春。のんびりとした正月が過ぎ、松の内が明ける頃には、江戸の町もいつもの賑《にぎ》わいを取り戻している。

両国橋《りょうごくばし》の近く、本所尾上町《ほんじょおのえちょう》の隅田川《すみだがわ》沿いの花蝶屋にも、看板娘である美しい三姉妹を目当てに、多くのお客が押し寄せていた。

「今年もよろしくお願いいたします！」

錦絵にも描かれた三姉妹が声を揃《そろ》えると、お客たちは相好を崩す。彼女たちは気立てもよく、老若男女に人気がある。

上から順に、お藤は齢《よわい》二十一、お蘭は十九、お桃は十七だ。それぞれ魅力はあるが、あまり似てはいない。三人は、表向きは姉妹ということになっているが、実は血の繋《つな》がりはまったくなく、赤の他人だからだ。

つまりは〝三人娘〟ということで、三姉妹とは、世を欺く仮の姿である。

深い事情を抱えつつも、めでたき初春、三人ともいつにも増して華やかな装いだ。綺麗《きれい》に結った黒髪には、櫛《くし》や簪《かんざし》を派手に飾っている。

三人が微笑《ほほえ》むと、まさに花が咲いたような艶《あで》やかさで、土瓶を手にお客たちにお茶を注《つ》いで回る姿は、まさに蝶《ちょう》が舞っているような麗しさだ。

「花蝶屋とは、よく名づけたものだ」

お客たちは口々に言い、三人を目で追う。

忙しさのあまりお桃が転びそうになり、お藤が慌てて支えたが、持っていた土瓶はお蘭のほうへと飛んでいった。

「危ない！」

お藤とお桃は声を揃えて叫んだ。

七つ（午後四時）近くになって、お客の出入りが少し落ち着いた頃、丈高く、野性味のある顔立ちの男がふらりと入ってきた。

大小二本の刀を差して、黄八丈《きはちじょう》の着流しに黒羽織を纏《まと》い、小銀杏髷《こいちょうまげ》をきりりと結った姿は、一目で同心だと分かる。仕事柄、目つきは鋭く、鍛えられた躰《からだ》をしている。肌は浅黒く、なかなかの二枚目だが強面《こわもて》である。齢二十七、〝南町奉行所の狼《おおかみ》〟と呼ばれる、定町廻《じょうまちまわ》り同心の沢井勝之進《さわいかつのしん》だ。

勝之進を見て、花蝶屋を取り仕切っている女主人のお稲《いね》が声を上げた。

「旦那！　相変わらず、いい男でいらっしゃいますこと」

「女将《おかみ》も相変わらず楽しい女だな。ちょいと寄らせてもらうぜ」

勝之進は店の中をぐるりと見回し、お蘭と目が合うと、急に頬《ほお》を緩めた。

お稲はお蘭に目配せしつつ、勝之進を座敷の奥の、静かな席へと案内する。お蘭は土瓶と湯呑《ゆの》みを持って、後に続いた。

お稲は勝之進を座らせ、微笑んだ。

「後はどうぞお二人で。心行くまで、しっぽりと」

「……女将が言うと、なんだかイヤらしいんだよなあ」

頭を掻《か》きつつ、勝之進がぼそっと言う。お稲は澄ました顔で返した。

「あら、落ち着いてお楽しみください、と申し上げたかったんですよ。旦那こそ邪《よこしま》な思いがあるから、イヤらしく感じられたのでは？」

「初春から口が達者なこった」

「旦那も、初春からお盛んなことで」

お稲は、ほほ、と笑い、お蘭に後を任せて下がった。勝之進は少々呆《あき》れたような面持ちで、お稲の後ろ姿を眺める。お蘭が隣に腰を下ろすと、たちまち照れた笑みを浮かべた。

目尻が下がった顔には、狼の面影はまったくなく、初恋にときめく男子のようだ。お蘭は清楚《せいそ》で生真面目な趣の美女である。漆黒の長い睫毛《まつげ》と瞳、滑らかで透きとおるような肌が、人を惹《ひ》きつける。名は体を表すと言うように、色に例えるならば、蘭の如《ごと》き白だろう。お茶を淹《い》れるのが得意で、店でも腕前を発揮していた。

「お待ちしておりました」

お蘭も含羞《はにか》みながら、土瓶から湯呑みにお茶を注いで、出す。湯気の立つそれをゆっくりと啜《すす》り、勝之進は唸《うな》った。

「円《まろ》やかで喉越しがよい。お蘭が淹れてくれるお茶は、やはり旨《うま》い」

お蘭は微笑みながら勝之進を見つめるも、少し気に懸かった。

「お疲れ気味ですか?」

「うむ。午前《ひるまえ》から、殺しの探索をしていたのでな。目撃した者が殆《ほとん》どいなくて、困っちまってる」

勝之進は溜息《ためいき》をついた。

「この近くだったんですか」

「日本橋《にほんばし》は芳町《よしちょう》の長屋だ。八洲赤麻呂《はっしゅうあかまろ》という絵師なのだが、お蘭も覚えがあるのではないか? お前さんたち三姉妹も以前、描いてもらったことがあるそうだが」

お蘭は両手で口を押さえ、目を見開いた。一瞬、言葉を失うも、声を絞り出した。

「はい……描いていただきました。本当に、赤麻呂さんが?」

「長屋で背中や首を刺されて、血塗《ちまみ》れの骸《むくろ》で見つかった」

お蘭は再び絶句する。勝之進はお茶をぐっと飲み干した。

「あのあたりは花街だから、絵師も多いようだ」

芳町のあたりは、浅草《あさくさ》に移る前の吉原《よしわら》があったところで、元吉原とも呼ばれる。中《なか》村座《むらざ》や市村座《いちむらざ》はすぐ近くの堺町《さかいちょう》や葺屋町《ふきやちょう》にあり、ほかにも浄瑠璃《じょうるり》や文楽の小屋も建ち並び、芝居茶屋も多く、一大芝居町の趣をなしている。芳町には陰間《かげま》茶屋も多かった。

　自分が描いてもらったことがあるだけに、お蘭は少なからず衝撃を受け、ぼんやりとしてしまう。だが、勝之進にお茶を注ぎ足すことは忘れなかった。飲みつつ、勝之進はまた訊《たず》ねた。

「赤麻呂と親しかった訳ではないだろうが、殺された理由について、心当たりはあるかい？　嫌な性分だったとか、助平《すけべい》で、お蘭に手を出そうとしてきた、とか」

　お蘭は勝之進を見つめ、首を横に振った。

「いえ、そのようなことはありませんでした。姉や妹も一緒だったからかもしれませんが、色目などは使わず、ひたすら熱心に描いてくださいました。半日ぐらいで綺麗に仕上げてくださって、感激しましたもの」

「そうか。お蘭が嫌な目に遭わされていなくて、よかった。刺し殺される者ならば、誰かの恨みを買っているに違いないからな。まあ、まだはっきりしたことは言えんが」

「赤麻呂さんはお金を持っていたのではありませんか。下手人はそれが目当てだったのでは」

「相変わらず推測好きだな」

「あ、いえ。そんなことは……」

　お蘭は目を伏せる。勝之進は笑った。

「隠さなくてよい。いつもは淑やかなお蘭が、殺しの一件の話になると、急に目の色を変える。そういうところ、悪くない」

「お恥ずかしいです」

　推測好きのお蘭は、これまで何度か、勝之進に力を貸したことがある。勝之進はお蘭の勘働きのよさにも、興味を抱いているようだ。

　勝之進は店を見回し、お稲と目が合うと、片手を挙げて目配せをした。お稲がすぐに、もう一つ湯呑みを持ってくる。

「おう、ありがとよ」

「気がつかず申し訳ありません、旦那」

　頭を下げるお稲を眺め、勝之進は頰を少し搔いた。

「酒も一本つけてほしいところだが、仕事中だからやめておくぜ。また夜にゆっくり来よう」

　水茶屋でも酒を置くところと置かないところがあるが、花蝶屋は前者で、お藤たち三人娘が時に酌をする。

　お稲は首を竦《すく》めた。

「お呑みになったことが上役様に知れたら、まずいことになりますものね。うちとしてもお出ししたいところですが」

勝之進は苦笑した。

「上役どもに怒られるのは何てことはないが、ここに来にくくなっちまうのは嫌だからな。まあ、お蘭が淹れてくれるお茶があれば、充分だ」

お蘭は頬をほんのり染めてうつむき、お稲は手で顔を扇《あお》いだ。

「ああ、お熱いこと！　お邪魔虫は退散いたしますよ」

お稲は肩を竦めて、下がる。お蘭は勝之進と微笑み合った。

「女将って面白いよな。昔は結構な美人だったんだろう？　本所小町《ほんじょこまち》と呼ばれていたそうだが」

「凄《すご》く人気があったらしいですよ。今も、おかあさん目当てのお客様、結構いらっしゃいますもの」

お稲は齢五十三であるが、洒落《しゃれ》た女で、色気もまだ失《う》せていない。勝之進は腕を組んだ。

「そういう客というのは、女将と単に語らいたくて来るのだろうな。女将は話も巧《うま》いからなあ」

「私もおかあさんみたいに、話し上手になりたいです」

溜息をつくお蘭に、勝之進は微笑んだ。

「俺は物静かな女のほうが好きだ。無理に煩《うるさ》くなることはない」

「はい」

お蘭は含羞みながら、勝之進の湯呑みにお茶を注ぎ足し、自分の分も注ぎ、二人で味わった。

「丁寧に淹れるのも、難しいのだろう。急須《きびしょう》を使わないものな」

「水茶屋は、烹茶《ほうちゃ》を出すところが多いですから。急須を使うのは、淹茶《えんちゃ》です」

「土瓶や薬缶《やかん》を使うのが、烹茶だよな」

「はい。土瓶や薬缶を火にかけて湯を沸かし、中に茶葉を入れて少し煮て、お茶を抽出するのが烹茶です。茶葉の分量や煮出す時間などに、コツがいります」

勝之進はまた一口啜り、頷《うなず》いた。

「お蘭は、加減が非常に巧いという訳だな」

「おかあさんに言われて、稽古を積んでおります。……でも、お仕事以外で、おかあさんたちと味わう時は、急須で淹れてしまいます」

勝之進は笑った。

「そちらのほうが、手間がかからんだろう」

「はい。急須に茶葉を入れて、沸いたお湯を注いでお茶を抽出すればいいのですから。仰《おっしゃ》るように淹茶は手間がかかりませんが、美味《おい》しく淹れるには、やはり茶葉の分量と蒸らす時間にコツがいります」

「なるほど、勉強になる。お蘭は物識《ものし》りだな。麗しく控えめなうえに賢いなど、理想の女ではないか」

見つめられ、お蘭は長い睫毛をそっと伏せる。お茶を味わいつつ、勝之進はおもむろに愚痴をこぼし始めた。

「今年に入ってから、母上が煩いのだ。見合いをしろだの、なんだの。する気はないとはっきり言っているのに、しつこくてな。逃げ回っているという訳だ。家に帰るのも憂鬱だ」

溜息をつく勝之進に、お蘭は微笑んだ。

「お見合い、なさってみては如何《いかが》ですか。沢井様のお眼鏡に適《かな》うような方が、いらっしゃるかもしれません」

「見合いは嫌なのだ。妻にする女ぐらい、自分で探す」

勝之進に鋭い目で見つめられ、お蘭は思わずうつむいた。

勝之進の父親は四年前に亡くなり、今は八丁堀《はっちょうぼり》の組屋敷で、母親と使用人と一緒に暮らしていることは、お蘭も知っている。

勝之進が今まで独り身でいた理由も、お蘭は彼の口から聞いたことがある。本気で好きだった女と二十二の時に別れなければならなくなり、以降は恋をする気も失せてしまったという。

事情を知った時、お蘭は思ったものだ。——にしては、よくここへいらして、私にお声をかけてくださる——と。

勝之進が花蝶屋に通うようになって、そろそろ一年だ。真面目な性分のお蘭は、初めは勝之進に対しても油断ならないと思っていたが、今では信頼を置いている。勝之進は強面で、狼などと呼ばれているが、手荒なことなどまったくせず、至って優しい。きっと、自分を大切に思ってくれているからだろうと、お蘭も分かっていた。

勝之進からさりげなく、もっと親しくなりたい、と言われることもある。お蘭も勝之進を憎からず思っているが、彼の求愛には、どうしてもまだ応えられない。身分の差だとか、彼の母親が面倒だとかの理由ではなく、もっと深い事情があるのだ。お蘭がそれを抱えている限り、勝之進はおろか、ほかの誰とも恋仲になれぬだろう。

だが勝之進は、お蘭の思いにも気づかず、相変わらず先走るのだ。

「今年は、そろそろ店の外でも会いたいと思っているんだ。旨いものでも食べにいこう」

「考えておきます」

お蘭は睫毛を揺らして、勝之進を見る。勝之進は切なげな顔をした。

「お蘭は堅いからなあ。ま、生真面目なところがいいのだが」

溜息をつきながら、勝之進はお蘭の手を握ろうとして、急に思い出したように姿勢を正した。

「残念だが、長居していられない。探索の途中だった！　下手人を絶対に見つけ出してやるぞ」

「頼もしいです、沢井様」

勝之進はお茶を飲み干し、お蘭を見つめた。

「沢井様というのは、やめてくれないか。よそよそしさを感じるんだ。勝之進、と呼んでくれ」

「はい……勝之進様」

お蘭は躊躇《ためら》いつつも、口にする。勝之進は笑みを浮かべた。

「それでよい。また来る。探索疲れしていたが、お蘭の顔を見られて、やる気と元気が漲《みなぎ》ってきた」

「私も……会いにきてくださって、嬉《うれ》しかったです」

二人は見つめ合う。

「赤麻呂は、お蘭にも一応は関わった者だから、また何か訊ねるかもしれない。よろしくな」

「かしこまりました」

お蘭は小さく頷きつつ、突き刺さるような視線が気になった。

仲がよい二人の様子を、密《ひそ》かに窺《うかが》う者たちがいた。お藤とお桃である。

お藤は、三人娘の年長で、肉感的で艶っぽい美女だ。大きな切れ長の目と、唇の横にある黒子《ほくろ》が、人を惹きつける。色に例えるならば、藤の花の如き紫だろう。酒の肴《さかな》のようなちょっとしたお菜を作るのが得意で、水茶屋でも料理を任されている。

お桃は、三人娘の年少で、甘えん坊でお転婆な可愛《かわい》らしい美女だ。円い目と、えくぼが、人を惹きつける。色に例えるならば、桃の花の如き薄紅だろう。甘味好きが高じて、店では料理の中でも菓子作りを受け持っている。

二人は仕事の合間に、小声でひそひそと噂《うわさ》する。

「お蘭ったら、恥じらいながらも満更ではない様子ね」

「恋人同士になっちゃったら、どうしよう！　お蘭ねえさんに先を越されちゃう」

「別にいいじゃない。お桃のほうが年下なんだから、先を越されたって」

「えー、なんだか悔しいもん」

お桃は、まさに桃のようにみずみずしい頬を膨らませる。お藤はお桃を軽く睨《にら》んだ。

「何を剝《む》れているのよ。さっきだって、危うく土瓶がお蘭にぶつかるところだったじゃない。まあ、土瓶にお茶が殆ど入ってなくて、お蘭も素早くよけたからよかったけれど」

「おかあさんもさすがよね。土瓶を咄嗟《とっさ》に受け止めてくれたから、割れずに済んだわ」

「お桃、おかあさんに感謝しなさい」

お藤はお桃の頰を指で突《つつ》く。お桃は素直に頷きつつも、お蘭と勝之進のことが気になって仕方がないようだ。

やはりお稲にも報《しら》せておいたほうがよいのではないかと、二人は台所へと向かった。

水茶屋には葦簀《よしず》張りの簡易な造りのところもあるが、花蝶屋は店を構えているので、奥には台所もある。ここでお茶を淹れたり、料理を作ったりする。床几《しょうぎ》に腰かけて、一休みすることもできた。

水茶屋は、明け六つ（午前六時）から暮れ六つ（午後六時）まで営んでいる店が多いが、花蝶屋は四つ（午前十時）から五つ（午後八時）まで開いている。六つを過ぎると、肴を摘まみながら一杯呑みにくるお客が増える。七つ（午後四時）から六つまでが一息つける刻《とき》で、それ以降はまた慌ただしくなる。

お稲が台所でお茶を啜っていると、お藤とお桃が入ってきた。

「お客さんかい」

「今は沢井の旦那だけよ。でもさ、あの二人、本当に仲がいいわよねえ。お桃とも言っていたの。そろそろ、できちゃうんじゃないかって」

お藤が切れ長の目を光らせると、お桃も頷いた。

「お蘭ねえさん、抜け駆けして自分だけ幸せになっちゃいそうだわ！　羨ましいような、悔しいような」

不貞腐《ふてくさ》れるお桃を、お稲は睨《ね》めた。

「何を莫迦《ばか》げたことを言っているんだい。お蘭が抜け駆けなんて、裏切りをする訳なかろうよ。あんたたちと同じく、お蘭にも大きな目的があるんだ。目的を果たすまでは、誰とも恋仲になる気はない、なる気になれない、ってはっきり言ったもの。しかも相手は同心だ。慎重になるはずさ」

お藤が含み笑いをした。

「慎重にならざるを得ないわよね。沢井の旦那が、もし私たちの本当の姿を知ったら……」

「吃驚《びっくり》して、きっと、お蘭ねえさんを見る目が変わってしまうわ」

お桃は首を竦める。お稲は二人の肩に手を置いた。

「という訳だから、お蘭が旦那と恋人同士に……なんてことは、暫《しばら》くはないよ。安心しな。それより、心配なのはあんたたちだ。お藤にもお桃にも、ご執心の殿方がいるからね。お蘭は堅いから、まあ、いいとして、あんたたちこそ油断ならないよ」

お藤とお桃は揃って唇を尖《と》らせ《が》た。

「あら、失礼しちゃう。まるで私たちが軽い女のようじゃない」

「そうよ。私たちだって、目的を果たすまでは誰とも恋仲になる気はないわ。おかあさんだって知っているでしょう」

お稲は二人の肩を叩《たた》いた。

「まあ、そう剝《む》くれなさんな。三人とも目的は同じ、気持ちだって同じ、ってことさ。だから、誰かが抜け駆けをするんじゃないかなんて疑心暗鬼になったりせずに、仲よくおやり」

お藤とお桃は目と目を見交わし、声を揃えた。

「はい。疑ったりしません」

「よし、いい子だ」

お稲は満面に笑みを浮かべ、二人の頭を撫《な》でる。お藤が眉を八の字にした。

「いやね、おかあさん。子供扱いして」

「ふん。私から見たら、あんたたちなんて、どちらもまだまだ、ひよっこだよ」

お桃が含み笑いをした。

「私たちが雛《ひよこ》ならば、おかあさんは大御所の鶏って感じよね」

「本当に。啼《な》き声を響かせるも、鶏冠《とさか》の色が少しずつくすんできて」

お藤が相槌《あいづち》を打つと、お稲は一転、仏頂面になった。

「よけいなことを言っていないで、さっさと仕事をおし！　お客様がいらっしゃったようだ」

お客が入ってきた気配を感じたのだろう、お稲は二人のお尻を叩いて促す。お稲の力が強くて、お桃が小さく叫んだ。

「痛いっ！」

二

店が少し落ち着いた頃、お蘭は、赤麻呂が殺《あや》められたことを皆に話した。お藤とお桃は驚いて、ええっ、と声を上げたが、お稲は冷静だった。

「ふうん。あの人がね。金目当てか、はたまた怨恨か。あんたたちを美しく描いてくれたんだから、冥福は祈ろう」

お藤が思い出したように言った。

「私たちを描いてもらった時って、確か、絵を売ろうとしていた板元《はんもと》に、おかあさんが売り込みにいったのよね。巷で噂の、水茶屋美人三姉妹を描けば売れるんじゃないか、って」

「あの時は、正直、なんて厚かましいのかしらと思ったわ」

お蘭は苦笑するも、お桃は無邪気に声を弾ませた。

「でも、おかあさんの目論見《もくろみ》どおり、絵は売れて、花蝶屋もますます賑わうようになったわよね！　私たちに会いにきてくれるお客さんも増えたし」

お稲は、ふふん、と笑った。

「お桃の言うとおりの結果となったんだ。私の売り込みは間違ってなかったってことさ」

お蘭が訊ねた。

「おかあさんは板元だけでなく、赤麻呂さんとも遣《や》り取《と》りしてくれたけれど、別におかしな人ではなかったでしょう？　それとも、何か怪しいところがあった？」

「別におかしな様子はなかったよ。人気の絵師らしく、ちょっと気取ったところはあったけれどね」

夜の帳《とばり》が下りる頃、仕事の合間を縫って店の隅で話をしていると、格子戸が開かれ、風格のある男がふらりと入ってきた。どっしりと落ち着きがあり、粋な身なりで、結構な男前だ。

お稲が笑顔で迎えた。

「あら、大旦那様！　お待ちしておりました」

男は笑みを返し、頷いた。日本橋の廻船《かいせん》問屋〈豊海屋《とよみや》〉の大旦那の、悠右衛門《ゆうえもん》である。齢四十五の悠右衛門も、花蝶屋の常連の一人だ。

「さ、どうぞこちらへ」

お稲は悠右衛門を座敷の奥へと通し、目配せした。

「今、呼んで参りますので」

「うむ、頼む」

悠右衛門は頬を緩めて答え、顎《あご》をゆっくりと撫でた。

少しして、お藤が土瓶と湯呑みを手に現れた。悠右衛門の面持ちは、さらに締まりがなくなる。お藤は切れ長の目で、悠右衛門をじっと見つめた。

「大旦那様、いらっしゃいませ」

お藤が嫣然《えんぜん》と微笑むと、悠右衛門は目尻を下げ、ふくよかな頬を少し掻いた。

「一昨日も来てしまったが」

「お越しくださると嬉しいですわ」

「そう言われると、毎日でも来たくなってしまうな」

「まあ、毎日だなんて、嬉し過ぎます」

笑いが漏れる。悠右衛門はお藤に優しく言った。

「立ち働いて疲れただろう。少し休んでいきなさい」

「はい。では、失礼いたします」

お藤も座敷に上がる。土瓶から湯呑みにお茶を注いで、悠右衛門に出した。ゆっくりと味わい、悠右衛門は満足げに息をつく。

「皆で食べなさい」

「まあ、虎屋高林《とらやたかばやし》の金団餅《きんとんもち》！　ありがとうございます」

手土産を渡され、お藤は嬉々《きき》とした。

悠右衛門はもちろんお藤が目当てで、花蝶屋に通っている。二十四の歳《とし》の差はあるが、本人はまったく気にせず、お藤を後妻にしたいと熱望しているようだ。

五年前に妻と死別した時は涙に暮れ、長らく喪に服すように暮らしていたそうだが、昨年の夏に花蝶屋でお藤に出会って、急に目の前が明るくなったという。悠右衛門はその時のことを、お藤に、しばしば語る。――まるで天女が舞い降りたかのような、衝撃の出会いだった――と。

足繁《あししげ》く店に通い、お藤と触れ合ううちに、見た目はおろか気立てにも魅了されたのだろう、本気で惚《ほ》れ込んだようだ。

悠右衛門は、息子の妻、つまりは嫁よりも年若いお藤を後妻に迎えたいと本気で思っているらしく、お藤にもさりげなく伝えている。

大店《おおだな》の豊海屋の大旦那に求愛されるのは、申し分のないことだ。だがお藤は、今のところは、乗り気にはなれない。お藤もお蘭と同じく、ある目的を果たさないことには、恋について真剣になれないのだ。しかしながら悠右衛門を、好ましく思ってはいた。

悠右衛門の息子の悠一郎《ゆういちろう》は、豊海屋の若旦那として采配を振っている。父親の行動に驚きつつも、元気でいてくれるのならばよいと、微笑ましい思いで見ているようだ。

静かな奥の座敷で、悠右衛門はお藤と寄り添い、満ち足りた笑みを浮かべる。少しして、お稲が酒と肴を運んできた。お稲は皿を指して微笑んだ。

「この金平牛蒡《きんぴらごぼう》は、夜のお菜にと、お藤が作ったものです。お召し上がりくださいませ」

悠右衛門は頰を緩めた。

「ありがたくいただくよ。お藤の作る金平は絶品だからな」

「まあ、大旦那様ったら」

お藤は悠右衛門を流し目で見つつ、しなやかな手つきで酌をする。お稲が速やかに下がると、悠右衛門はお藤に注ぎ返し、二人で盃《さかずき》を傾け合った。悠右衛門は一口啜り、息をついた。

「やはり旨い。お藤と呑む酒は」

「私も美味しいですわ。大旦那様のお隣で味わうお酒は」

お藤は悠右衛門と、眼差しを絡め合う。悠右衛門が酒を干すと、お藤は再び注いだ。

盃にまた口をつけてから、悠右衛門は金平牛蒡に箸を伸ばす。ゆっくりと嚙《か》み締め、笑みを浮かべた。

「ほぐした鯖《さば》も一緒に炒《いた》めているのだな。鯖の旨味が効いていて、まことに酒に合う」

「お気に召していただけて、よかったです」

お藤は袖で口元を隠しつつ、笑みを返す。悠右衛門は夢中で金平牛蒡を味わい、酒を呑む。皿を空にし、三杯干したところで、悠右衛門はお藤を見つめた。行灯《あんどん》の明かりが微《かす》かに揺れる。

悠右衛門は大きな手を伸ばし、お藤の手の甲に触れ、文字を書くようにそっとなぞった。

「実はほかにも贈り物があるんだ」

「まあ、何ですの」

手をよけることもなく、お藤は微笑む。

「今度、中村座に芝居を観《み》にいかないか？　中村座に知り合いがいてね、桟敷席が取れたんだよ」

お藤は目を見開いた。

「まあ、嬉しい！　でも……よろしいのですか？　大旦那様、お忙しいでしょう」

悠右衛門は一笑した。

「なに、仕事など息子に任せておけばいいのだ。わしなど肩書だけの大旦那で、実際は隠居したも同然だからな。これまで懸命に働いてきたんだ。好きな女と日がな一日、芝居を楽しんだって、もはや罰は当たらんさ」

お藤もつられて、ふふ、と笑った。

「さようですわね。是非、ご一緒させていただきますわ」

「楽しみがまた増えたな」

お藤の手を撫でる指に、力が籠《こ》められる。お藤はもう片方の手で盃を持ち、酒で喉を潤した。

「歌舞伎は暫く観ていませんわ。どのような演目を拝見できるのかしら」

「《義経千本桜《よしつねせんぼんざくら》》だよ」

「まあ、では、いがみの権太《ごんた》が見られますのね！　誰が演じているのでしょう」

いがみの権太とは、義経千本桜の登場人物の一人で、無頼漢だが徐々に改心し、最期にはよいところを見せる、人気のある役柄だ。

「片桐松乃丞《かたぎりまつのじょう》だ」

「松乃丞様！　楽しみですわ」

当代切っての人気役者、色気漂う二枚目の片桐松乃丞の名前を聞き、お藤は声を裏返す。

嬉々とするお藤を見やり、悠右衛門は軽く咳払《せきばら》いをした。

「芝居に一緒にいきたいとは思っているが、あまり目移りはしないでほしいな」

「あ、はい。……つい、はしゃいでしまいました」

お藤は首を竦めつつ、酌をする。悠右衛門は一息に干し、不貞腐れた。

「やはり女というものは、松乃丞のように若くて見栄えのよい男が好きなのだな」

お藤は悠右衛門を悩ましげに見つめた。

「そうかもしれません。だからこそ……大旦那様に惹かれてしまうのでしょう」

悠右衛門は苦笑した。

「わしは若くはないだろう」

「そのようなことはございません。大旦那様は、ここがお若くていらっしゃいますもの」

お藤は姿勢を正し、自らの豊かな胸元に手を当てた。悠右衛門の目が、そこに釘付《くぎづ》けになる。

「胸、か」

「心ですわ。心がお若いから、見た目もお若くていらっしゃるのです」

お藤は胸元から手を離して、しなやかに動かし、今度は悠右衛門の胸元にそっと当てた。悠右衛門の目が見開かれる。お藤の手に、彼の心ノ臓の鼓動が伝わった。

お藤はすぐに手を離し、また酌をした。悠右衛門は頬をほんのり赤らめながら、顎を撫でた。

「気の持ちようで若くいられるということか。お藤のおかげかもしれん」

「大旦那様ったら。……光栄ですわ」

暫《しば》し見つめ合うも、悠右衛門が思い出したように声を上げた。

「そういえば」

お藤は首を傾げる。

「何ですの」

「うむ。昼過ぎに、中村座の者が、桟敷席が取れたことを伝えにきたんだが、気になることを言っていた。八洲赤麻呂という絵師が殺されたと」

お藤は目を伏せた。

「噂で知っております」

「やっぱり知っていたか。お藤たちを錦絵に描いた絵師が、確か同じような名前だと薄《うっす》ら覚えていたんだ」

「さようです。お世話になりました。……でも、どうしてだったのでしょう」

「うむ。殺された訳は、中村座の者もまだ分からぬようだ。赤麻呂は役者の絵もよく描いていたらしく、それで見知りだったのだろう。長屋で殺されたようだが、今朝から同心や野次馬たちが押しかけ、騒ぎになっていたみたいだ」

「さようですか。日本橋にお住まいだったと思いますが」

「芳町だとか言っていた。お藤は特に親しくはなかっただろうが、赤麻呂が殺された理由について、心当たりはあるかい？　傲慢だったとか、お藤に手を出そうとしてきた、とか」

お藤は首を横に振った。

「いえ、赤麻呂さんは礼儀正しく、仕事熱心でしたよ。絵を描いてくれたのは店の中だったので、おかあさんの目が厳しかったこともあるでしょうが」

「うむ。赤麻呂は、腕前はよかったな。私も絵草紙屋で買った。確かに麗しい絵だが、欲を言えば、お藤一人を描いてくれたものもほしかった」

「まあ、悠右衛門様ったら。このような時に」

お藤に優しく睨まれ、悠右衛門は軽く咳払いをした。

「ともかく、では、赤麻呂は特に酷《ひど》い男ではなかったというのだな」

「はい。親切な方でした。……私たちには、嫌な面を見せなかっただけかもしれませんが」

お藤と悠右衛門の目が合う。悠右衛門は酒をまた啜り、腕を組んだ。

赤麻呂は売れっ子の絵師だったので、お藤たちの推測どおり、やはり盗みと怨恨の、両方の面から探るようだ。

「早く捕まるといいですね」

溜息をつくお藤に、悠右衛門は酒を注ぐ。お藤は礼を言い、口をつける。差しつ差されつ夜を楽しむ二人に、何者かの影が忍び寄っていた。


五つ（午後八時）に店を仕舞うと、三人娘が湯呑みなどの片付けと掃除をして、お稲が帳簿をつける。

お稲が声を上げた。

「あんたたちのおかげで、今日も儲《もう》かったよ！　ありがたいことだねえ」

水茶屋では、お茶一杯が六文というところが多いが、花蝶屋のように茶汲《ちゃく》み女たちがお客の話し相手になる店は、値段をもっと高くしている。花蝶屋は一杯が三十文で、ほかにも酒や肴や甘味も出る。また、悠右衛門のような上客は心付けを置いていくこともあるので、一日でまずまずの儲けとなるのだ。

「それはよかったわ」

お蘭とお藤は声を揃えるも、お桃は唇を尖らせた。

「でも今日は、私目当てのお客様は、あまり来なかったわ。力添えできなくて、ごめんなさい」

お藤がお桃の背中に手を当てた。

「そんなことないわよ。年が明けてから初めてお店を開いた日には、お桃目当てのお客様で溢《あふ》れかえったじゃない」

「今日だって、結構いらしていたわ。気にし過ぎよ」

お蘭もお桃を慰める。帳簿を閉じ、お稲が言った。

「お藤とお蘭の言うとおり。客商売ってのは、日によって波があるからね。細かいことをいちいち気にしていたんじゃ、身が持たないよ。あんたたち三人とも、よく働いてくれているさ。今日も一日ご苦労さん。ってことで、皆で湯屋《ゆや》に行くか」

お桃が、けろりとした顔で声を上げた。

「行く！　さっぱりして、また明日から張り切るの」

「いいわね」

「背中流してあげるわよ」

お藤とお蘭がお桃に微笑む。

四人で、近所の〈萩《はぎ》の湯《ゆ》〉に向かった。空には、丸みを帯びてきた月が、皓々《こうこう》と輝いている。お稲を三人娘で囲むように歩き、通り過ぎる人々と笑顔で会釈を交わす。

花蝶屋の賑やかな四人は、このあたりでもちょいと名高いのだ。

花蝶屋は、もとは料理屋だった店を、三年前にお稲が譲り受けて水茶屋を開いた。お稲は訳あって独り身なので、二階で、四人で暮らしている。それぞれ一部屋ずつ持ち、皆で集まって食事をする部屋もあった。

家賃は決して安くはないのだが、三人娘とお稲の活躍で、赤字を出すこともなく営んでいけている。

萩の湯に着き、湯に浸《つ》かりながら、お藤は目を光らせ、お稲を見た。

三

「あーあ、京也《きょうや》さん、雪の日でも来てくれないかしら」

小窓から外を眺めながら、お桃はみずみずしい頬を膨らませる。

昨日とは打って変わって底冷えし、昼頃から小雪が降り始めた。客足が遠のくかと思いきや、店の前に立っている梅の木に雪が降り積む様を眺めながらお茶を味わいたいという、風流なお客が訪れる。

三人娘が忙《せわ》しなく立ち働いていると、八つ（午後二時）を過ぎた頃、すらりとした若い男が入ってきた。男を目に留め、お稲が愛想よく迎えた。

「若旦那様、雪の中お越しくださり、ありがとうございます」

男から傘を受け取り、土間に立てかけ、手ぬぐいを渡す。

「気が利くな」

男は細面《ほそおもて》に笑みを浮かべ、羽織を拭う。お稲が名前を呼ぶと、お桃が子犬のように駆けてきた。

「京也さん、いらっしゃいませ!」

「やあ、相変わらず元気がいいな」

お桃は紅《あか》い唇を尖らせ、少し拗ねた素振りで言った。

「京也さんの顔を見たからよ。あまり元気じゃなかったの。なかなか会いにきてくれないから」

京也は声を上げて笑った。年が明けて花蝶屋が店を開けたのは五日で、今日は九日である。

「店を開けた日に顔を出しただろう。まだ数日しか経《た》っていないじゃないか」

「それでも待ちかねていたのよ。さ、上がって」

お桃は両頰にえくぼを作り、京也の背中を押す。京也は満更でもないといった面持ちだ。

京也は齢二十四、板元〈楽文堂《がくぶんどう》〉の若旦那である。女と見紛うほどに色白で、線が細く、麗しい顔立ちだ。大手の板元の跡取りだけあって、本好きゆえに物識りである。

一見、軽薄な印象を受けるが、結構男らしい面もあり、意外にも喧嘩《けんか》が強い。京也はお桃が目当てで、花蝶屋に通っているのだ。

お桃は京也を座らせると、急いでお茶を出し、笑顔で言った。

「ちょっと待っていてね。すぐに美味しいものを持ってくるから」

「うん。楽しみに待っている」

お桃は京也を上目遣いで見る。

「ねえ、お腹空《なかす》いちゃった。私にもご馳走《ちそう》してくれる?」

京也はまた笑った。

「お桃ちゃんには敵わないな。いいよ、自分の分も持っておいで」

「嬉しい！　ちょっと待っていてね」

お桃は、今度は兎《うさぎ》のように飛び跳ねながら、台所へと向かった。その後ろ姿を、京也は優しげな眼差《まなざ》しで眺める。

お桃が親しげな口ぶりなのは、彼がそれを望んでいるからだ。京也は一人っ子なので、お桃は可愛い妹という目で見ていたいのだろう。

お桃は少しして戻ってきた。

「寒い中、来てくれてありがとう。これで温《あった》まってね」

湯気の立つ熱々のぜんざいを眺め、京也の目尻が下がる。京也は甘いものに目がないのだ。特に、お桃が作った甘味には。

京也は椀《わん》を手に取り、まずは香りを吸い込み、匙《さじ》で小豆を掬《すく》って頬張った。

「うん。軟らか過ぎず、甘みもちょうどよい」

箸に持ち替え、餅を食べて、目を細めた。

「焼き加減がいい。芳《こう》ばしさが、甘みと巧く調和するんだ。お桃ちゃんが作る甘味は、やはり旨いな」

お桃は満面に笑みを浮かべた。

「京也さんに褒めてもらえて嬉しい！　ヤキモチ焼いていたから、お餅も上手に焼けたのかも」

「ヤキモチ？」

「京也さんが来てくれなかったから。ほかの水茶屋の可愛い娘《こ》に目移りしてるんじゃないかって、心配してたのよ」

お桃が頬を膨らませると、京也は笑いながら指で突いた。

「仕事が忙しかったんだよ。新年の挨拶だの、寄り合いだのでね。今日は取引先との商談で近くまで来たんで、帰りに寄ったんだ。ほかの茶屋娘にかまけている暇はないよ」

「ならば安心したわ。私の勘違いね」

拳を作って、お桃は自分の頭をこつんと小突いた。

「餅は焼いても、ヤキモチを焼く必要はないさ」

お桃は京也と微笑み合う。京也は再び箸を持った。

「冷めちゃうから、早く食べよう」

「そうね。いただきます」

お桃は胸の前で手を合わせてから、味わった。京也が褒めたように、小豆の煮方と味つけが我ながら上手《うま》くできたと思い、お桃はいっそう顔をほころばせる。

京也は舌鼓を打ちつつ、話した。

「今度、江戸の旨い蕎麦屋《そばや》を特集した本を作るんだ。旨い甘味処《かんみどころ》も特集したいと思っているので、お桃ちゃんにも力添えをお願いしたいな」

お桃は食べる手を止め、円い目を瞬《またた》かせた。

「もちろん、いいけれど。力添えって、どのようなことをすればいいのかしら」

「こちらの問いにいくつか答えてもらいたい。で、回答を本に書かせてほしい。花蝶屋を紹介するならば、悪くは書かないから安心して」

「本で紹介してもらえるの？　凄いわ」

「うん。でも、そうしたら、花蝶屋はますます繁盛して、いつ来ても入れなくなってしまうかな。半刻（およそ一時間）待ちとか。そうすると不便か」

お桃は身を乗り出した。

「そんな！　京也さんを待たせたりしないわよ。お客さんが押しかけていたって、特別にお通しするわ」

「ほう。贔屓《ひいき》してくれると言うんだな」

二人は笑い声を上げる。お桃が言った。

「紹介する本を作るのって楽しいでしょうね。いろいろなところにも食べにいくのでしょう」

「うん。おかげで美味しい店を結構知っている。自分で言うのもなんだが、私は食通だよ」

お桃は餅を呑み込み、溜息をついた。

「京也さん、恵まれているわね。私などとは世界が違うわ」

京也はお桃を見つめ、微笑んだ。

「そんなことないよ。旨い甘味を作れるお桃ちゃんは、大したものだ。食通の私が言うんだ、間違いない」

「そう？　じゃあ、少しは自信を持っていいのね」

「当たり前じゃないか」

京也はお桃の黒髪にそっと手を触れながら、続けて言った。

「今度、旨いものを食いにいこうよ。よい店があるんだ」

「え……でも」

「遠慮は無用だ。お桃ちゃんを連れていく。甘味処ではない料理屋だけれど、料理の勉強もするといいさ。お桃ちゃんならすぐに上手になるよ。私を唸らせてほしい。考えておいてくれよ」

京也は、お桃の頭を優しく叩く。

「はい。……誘ってくれて嬉しい」

お桃は笑顔で頷いた。お桃の言葉に嘘《うそ》はなく、京也を真に素敵だと思っているし、もっと親しくなれればどれほど幸せだろうとも思っている。

だがお桃もお藤やお蘭と同じく、ある目的を果たさないことには、いくら京也に口説かれようが乗り気にはなれないのだ。

京也の思いを受け入れるのは、自分の気持ちに方《かた》をつけてからだと、お桃は決めている。愛《いと》しい京也とぜんざいを味わいながら、お桃はふと不安にもなる。

——思いを受け入れる前に、京也さんが私に冷めてしまったら、どうしよう。

お桃だけでなく、お蘭やお藤も同じ気持ちに違いない。皆、女心を切なく揺らしながら、予《かね》てからの目的を果たそうとしているのだ。

寂しげな面持ちになったお桃に、京也が声をかけた。

「どうしたの？　お腹でも痛くなったのかい」

お桃は首を横に振った。

「ううん、違うの。……あ」

ふと思い出し、背筋を伸ばす。

「知っている人が亡くなったのよ。八洲赤麻呂さん。私たちを描いてくれた絵師の」

「ああ、殺められたそうだな。噂を聞いた」

声を低める京也に、お桃は頷く。

「思い出して、ふと、しんみりしてしまったの。……ねえ、京也さんの板元では、赤麻呂さんとは取引していなかったの？」

「うん。でも、いずれ仕事を頼みたいとは思っていたんだ。赤麻呂の絵は人気だったからな」

「では、赤麻呂さんのことを詳しくは知らないわね」

溜息をつくお桃を、京也は優しい目で見る。

「やはり気になるかい」

「ここの常連さんに、同心がいてね。お蘭ねえさんがいろいろ訊《き》かれたみたい。常連さんだから、私も少しは力添えしてあげたくて」

京也は納得したように頷いた。

「ああ、お蘭さんにご執心の旦那か。よく見かけるな」

「強《こわ》い顔をしているから目立つわよね」

二人は顔を見合わせ、吹き出す。三人娘に執心している三人の男たちも、挨拶を交わさなくとも、それぞれ見知っているようだ。各々、通う頻度が高いからだろう。

京也はお桃を見つめた。

「なるほどな。では、赤麻呂のことで何か知れたら、お桃ちゃんに伝えるよ。でも、お桃ちゃんこそ目移りしちゃ駄目だぜ。同心の旦那に乗り換えたりしたら、お尻叩くからな」

優しく凄まれ、お桃は円い目を見開いた。

「そんな訳ないじゃない！　旦那はお蘭ねえさんのものだもの。それに私は、いかつい男の人より、しなやかな男の人が……好きだから」

言いながら、お桃の頬がほんのり染まる。京也は微笑んだ。

「ならば安心した。旦那と決闘しなくてもよさそうだな」

「当たり前じゃない。……あ、でも、京也さんって剣術にも優れているのよね。狼って呼ばれる旦那でも、京也さんと闘ったら、負けちゃうかも！」

お桃が大きな声を上げたので、少し離れたところにいたお稲がちらとこちらを見る。京也に頬を突かれ、お桃はえくぼを作って笑った。だが、たちまち愛らしい顔が強張った。お稲が近づいてきていた。

京也が帰った後で、雪が積もり始め、日が暮れるとさすがにお客の足は途絶えてきた。いつもより少し早く店を仕舞って、湯屋へ行き、夕餉《ゆうげ》は海苔《のり》を散らした花巻蕎麦を作って皆で食べて、それぞれ自分の部屋で寛《くつろ》いだ。

お蘭は寝間着に着替え、行灯の明かりの中で、草双紙を開いた。上田秋成《うえだあきなり》の『雨月《うげつ》物語《ものがたり》』（安永《あんえい》五年、一七七六年刊）。今日、お桃が京也からもらった本の一冊だ。京也はお桃に、絵の多い黄表紙と、料理本も贈ってくれた。三人で回し読みすることにして、まずはお蘭が『雨月物語』を、お藤が料理本を、お桃が黄表紙を読むことにした。

──こんな雪の晩に、怪談めいた話を読むのも乙なものね。

柚子《ゆず》を搾った白湯《さゆ》を飲みながら、紙を捲《めく》る。もとは武家に生まれたお蘭は、読み書きが得手で、本、特に物語が好きなのだ。

無心に読んでいたが、雪の音が聞こえたような気がして、ふと目を上げた。お蘭の顔に、翳《かげ》りが差す。思い出したくはないことを、思い出したのだ。

──あの時も、雪が降っていたわ。雪が降り始めた中を帰ってきて……見てしまった。ああ、忘れようと思っても、忘れられない。

お蘭は急に眩暈《めまい》を覚えて、こめかみを押さえた。

お蘭の父親は、下総国《しもうさ》は佐倉《さくら》藩の江戸詰めの右筆《ゆうひつ》だった。右筆とは、文書や記録の作成を務める者のことである。

両親と慎ましくも幸せに暮らしていたが、ある時、父親が横領の罪を着せられて改易に処せられてしまった。以降は町《ちょう》の者となり、長屋に住んでひっそりと暮らすようになった。父親は手習い所を開いたものの、実入りは少なく、母親とお蘭も傘張りや裁縫の内職に励んだ。

十五になると、お蘭は大店への奉公を考えるようになった。だが両親がともに躰の具合が悪くなってしまい、二人の面倒を見るため、懸命に内職を続けることにした。

細々と暮らしていたある冬の日、お蘭は張り終えた傘を、仲買商に届けた。吐く息が凍ってしまいそうなほどに、とても寒い日だった。帰りに、お蘭は生薬屋《きぐすりや》に寄って両親のために薬を買い、急いで戻った。途中で、ちらほらと雪が降ってきた。

そして、長屋に帰って、見てしまったのだ。両親の、血まみれの骸を。

両親の無惨な姿を目にした時、お蘭は頭が真っ白になった。何が起きたのか、よく分からなかった。いや、目の前の事実を理解することを、脳が拒んだのかもしれない。

お蘭は耳鳴りを覚えながら、ふらふらと両親に近づいた。

――父上、母上。

そう呼びかけながら、二人の躰をそっと揺すった。だが、両親は目を開けない。

──母上、お熱があるのですか。

お蘭は、母親の赤く染まった頬に触れた。血の生温かさが、手のひらに伝わった。父親と母親の躰が血だらけだとようやく認められた時、お蘭は絶叫し、気を喪《うしな》ってしまった。

異変を感じた長屋の住人たちが番所に届けたようで、同心がやってきていろいろ調べた。お蘭は激しい衝撃を受け、話せる状態ではなかった。

暫く何も考えることができなかったが、両親の十四日目の法要である以芳忌《いほうき》を終えると、頭がだいぶはっきりとしてきた。

両親には、卒塔婆《そとば》に俗名を書いただけの簡素な墓しか造ってあげることができなかった。長屋の中、二つの小さな位牌《いはい》の前で、お蘭は涙に暮れながら思った。

──もしや父上と母上を殺めたのは、父上に罪を着せた者、横領をした張本人なのではないかしら。

お蘭は、なぜだかそのような気がして仕方がなかった。

察したことを同心に話し、町奉行所にも訴えてみたのだが、横領は藩の中で起きたことなので調べられないと言われてしまった。また、もし下手人が藩士だとしたら、捕らえるのは容易《たやす》くない、とも。

奉行所の態度にお蘭は絶望し、自分の無力さを嘆いた。だが、藩士が下手人であれば、捕まえるのは難しいであろうことは分かる。権力のある者であれば、なおさらだ。お蘭は考えを巡らせ、誓ったのだ。ならば憎き親の仇《かたき》を、自分で見つけ出して、自分で討とう、と。

お蘭の父親は不器用なほどに真面目で、横領などの悪事ができる男では決してなかった。寡黙だったが、自分が無実であると、浪人になってからも繰り返し言っていた。ある時、お蘭は訊いたことがあった。

――父上に罪を着せた人に、心当たりはあるのですか。

父親は神妙な面持ちになり、押し黙った。お蘭も重ねては訊ねなかった。どうしてか、深く穿鑿《せんさく》するのが、怖いような気がしたからだ。

誠実に生きていた両親と自分を陥れ、武士の世界から追い出した卑劣な者を、お蘭は決して許すことができない。貧しい浪人暮らしが祟《たた》って、両親は躰を壊してしまった。どうにか治ってほしいとお蘭が懸命に面倒を見ていたのに、両親の命まで奪われた。

辛《つら》い来し方を思い出し、お蘭は身を震わせる。膝からは『雨月物語』が滑り落ちていた。

お蘭が勝之進を憎からず思っていても、恋に夢中になれないのは、親の仇を討つという、大きな目的があるからなのだ。それを完遂しなければ幸せになることはできないと、自分でも分かっている。晴れやかな気持ちには、決してなれないからだ。

またお蘭は、勝之進が奉行所の者であることも、心のどこかで引っかかっていた。かつて奉行所の者に、冷たくされた経験があるからだ。相談に行ったのは北町奉行所だったので、勝之進が対応した訳ではなかったのだが、どうしても気になってしまう。

——ひとえに同心といっても、いろいろだろうけれど。冷たい人もいれば、物分かりのよい人もいるだろうし。

お蘭は思い直して、溜息をつく。

物分かりがよく、情に厚い元同心を、お蘭は知っている。彼のことをぼんやりと思い出していると、襖《ふすま》の向こうから声をかけられた。

「お蘭、起きてる？」

お藤のようだ。お蘭は姿勢を正して答えた。

「起きてるわよ」

「入ってもいい？」

「どうぞ」

襖が開き、お藤とお桃が笑顔を見せた。お蘭もつられて頰を緩める。二人は寝間着姿で腰を下ろす。お藤が蜜柑《みかん》を差し出した。

「暗くて寒いこんな夜は、一人じゃ寂しいもの。皆で話でもしましょうよ」

「人肌恋しくなっちゃうわ」

唇を尖らせるお桃に、お蘭は微笑んだ。

「今日は、京也さんと仲よくやっていたじゃない。温めてもらったのでは」

「だって京也さんはあくまでもお客様で、恋人ではないもの。来てくれると嬉しくて、ほっこりするけれど、やはり恋人とは違うわ」

お桃を眺め、お藤は苦笑した。

「仕方ないわよ。私たちにはそれぞれ、やるべきことがあるのですもの。目的を果たさないことには、すっきりしない。誰かと恋仲になる訳にはいかないわ」

お蘭が相槌を打つ。

「それぞれ、親の仇を討たなければならないのよね。だからこそ、私たちは仇討ち屋《あだうちや》になったのだから」

三人は目と目を見交わし、頷き合った。

ある時は、水茶屋の看板娘。

またある時は、自分たちの仇を捜しつつ、頼まれれば他人の仇討ちをも引き受ける、仇討ち屋。

お藤、お蘭、お桃は、二つの顔を巧みに使い分けているのだ。

お蘭が先ほど思い出していた元同心とは、仇討ち屋〈闇椿《やみつばき》〉の元締めである、齢五十七の須賀辰雄《すがたつお》だ。

彼女たちを仇討ち屋の道へ誘い込んだのが、お稲である。お稲も闇椿の一員であり、お稲が声をかけて、三人を集めたのだ。

三人はお稲と出会う前は、それぞれ仇を捜しながらも、日々の糧を得るために料理屋や居酒屋で働いていた。その時に、お稲に誘われた。新しく水茶屋を始めるので、うちで働かないか、と。お稲は三人の事情まで調べていて、彼女たちの美貌とやる気を見込んで、声をかけたのだった。

三人はお稲の話に乗り、水茶屋〈花蝶屋〉で働きつつ、仇討ち屋〈闇椿〉の一員としても働くことになった。

三人がなぜ仇討ち屋の仕事を続けているかというと、悪い者たちを追いかけて仕留めていくうちに、いつか自らの仇にも辿《たど》り着くことができるのではないかと希《のぞ》みを抱いているからだ。

お蘭たちは火鉢にあたりつつ、蜜柑を味わう。甘酸っぱい香りが漂った。

「でもさあ、おかあさんって若い頃は盗賊だったのよね。考えてみたら、私たち、結構怖い人と一つ屋根の下で暮らしているわね」

お藤が声を潜める。おかあさんとは、お稲のことだ。お桃が身を乗り出した。

「おかあさん、同心だった頃の元締めに捕まって、見逃してもらった代わりに密偵になったのよね。元締めに説得されたんだって。当時のおかあさんって、どんな感じだったんだろう。会ってみたかったな」

「元締め曰《いわ》く、割と綺麗な女だったから盗賊にしておくのが惜しくて立ち直らせた、とのことよね」

お蘭が言うと、お藤は含み笑いをした。

「元締め、おかあさんのこと狙っていたのかもしれないわ」

「元締めが言うに、おかあさんとはそういう間柄じゃない、って。まあ、嘘かまことか、よく分からないけど」

蜜柑を頬張りながら、お桃が薄《うっす》らと笑う。お藤は足を崩した。

「昔は何かあったかもしれないけれど、おかあさん、今は桂雲《けいうん》先生と仲がいいわよね。おかあさんも、あの歳でやるわね」

桂雲とは、近くの元町に住む鍼灸医《しんきゅうい》で、やはり闇椿の一員である。闇椿の者たちが怪我《けが》をした時などに、役に立ってくれる。齢五十五、少し崩れた感じの、酒がなによりも好きな男だ。お稲とは軽口を叩き合いながらも仲がよい。

辰雄を元締めとする闇椿は、お稲、桂雲、三人娘のほか、六助《ろくすけ》と七弥《しちや》の、計八人で成り立っている。

六助と七弥は齢四十二の、双子の岡《おか》っ引《ぴ》きだ。二人とも、辰雄が現役だった頃から仕えていて、闇椿でも下働きを引き受けている。

双子ゆえ姿形はとても似ているが、七弥の額にある黒子が、見分ける決め手になる。だが、白粉《おしろい》で消してしまうか、あるいは六助の額にも黒子を描いてしまえば、ほぼ見分けがつかなくなる。入れ替わりもできるので、探索の時に役立つことがあった。

六助はやけに睫毛が長く、七弥はやけに唇が赤い。二人とも顔立ちが整っていて、躰は鍛えられており、女が放っておかないような二枚目なのだが、どちらも独り身である。なぜならば、ともに女に興味がないからだ。六助は辰雄に、七弥は桂雲に懸想していて、ゆえに忠誠を誓っているのだ。辰雄と桂雲は女が好きなので、いわば報われない恋だが、二人のもとで働けるだけで六助も七弥も満足のようである。

お稲も、自分を盗賊の世界から救い上げてくれた元締めに、忠誠を誓っているようだ。お蘭たちだって同様であり、元締めと闇椿の仲間たちを裏切るような真似《まね》はしないと心に決めている。

三人娘はお稲から、盗賊時代に培った技を教えてもらうこともあった。小太刀や柔術、薙刀《なぎなた》のほか、縄抜け、錠前解き、変装などだ。お稲の指導は厳しいが、三人とも、目覚ましく上達していることは確かである。

お稲に聞こえぬよう、声を潜めて辰雄たちの噂話をしながら、お蘭は、お藤とお桃を眺める。

艶やかなお藤にも、可愛らしいお桃にも、仇を討たねばならぬ訳があるのだ。二人ともお蘭と同じく、目的が果たせぬうちは、心が真には晴れないのだろう。思う人はいても、恋に身が入らぬようであった。

三人娘は、親の仇討ちという同じ目的で繋がっているため分かり合えることが多く、性分などはばらばらだが、仲よくやっている。

仇討ちを果したくても、それぞれ手懸かりがなくて困っていたところ、お稲に誘われたのだ。お稲は、お蘭たち一人一人に言った。

——仇討ち屋を裏稼業にしながら、仇討ち相手を見つけるというのはどうだい。そういう者たちならば、恨みを抱いているのはあんただけじゃなくて、ほかにもたくさんいるだろう。そのうちの誰かが、相談しにくるかもしれないよ。悪事を働く者は、きっと一度きりではない。ほかの者に対しても、何度でも悪事を働くから、いつかあんたの仇とかち合うかもね。

お稲の言うことには一理あり、三人は話に乗って、今に至る。

三人とも、親の仇という重いものを背負って、やり切れぬ悔しさを胸に秘めつつ、水茶屋の看板娘として明日も店に立つのだ。彼女たちの憤りや悲しみは、明るく麗しい外見からは、決して推し量ることはできないだろう。

また三人も、翳《かげ》を決して見せないようにしていた。

お桃は蜜柑を味わいながら、唇を尖らせた。

「でも、おかあさんって、なんだかんだと、私たちのこと心配みたいね。仇討ちを目的としつつも、もしや誰かとくっついちゃうんじゃないか、って。よく見ているもの」

「ほんとよね。私と大旦那様が仲よく話していると、いつの間にやら、ぬっと現れるの！」

相槌を打つお藤に、お蘭は苦笑する。

「湯屋でも、ねえさん、おかあさんに文句を言っていたわね。見張られているようで落ち着かない、って。まあ、私と勝之進様にも、おかあさんは同じような態度だけれど」

「私と京也さんにもよ！　いつの間にか近くに来て、じっと見ていて、びびってしまうわ。笑みを浮かべていても、目つきは厳しいんだもん。私たちが恋人を作って闇椿をさっさと抜けないよう、見張っているのよ、間違いないわ」

お桃は蜜柑をもぐもぐと嚙み締めながら、納得したように大きく頷く。

お藤とお蘭は顔を見合わせ、溜息をつく。雨戸に目をやりながら、お藤は伸びをした。

「闇椿、か。綺麗な名だけれど……元締めやおかあさんがつけたのではないのよね」

四

その頃、須賀辰雄は桂雲とともに、鳥越橋《とりごえばし》の傍らの天王町《てんのうちょう》の家で、牡蠣鍋《かきなべ》と酒を味わっていた。大根おろしをたっぷりとかけた牡蠣鍋に、桂雲は目を細める。

「雪の降る夜に、みぞれ鍋とは、なんとも風流じゃねえか」

「牡蠣の旨味を損なうことなく、さっぱり食える」

辰雄は桂雲に酒を注ぎ、笑みを浮かべた。

辰雄は齢五十七、桂雲は五十五、今はどちらも独り身だ。辰雄は五年前に妻と死別し、桂雲は四年前に妻と別れた。

注いでもらった酒を干し、桂雲は厚い唇を舐《な》めた。

「お前さんは料理が得手だから、かみさんがいなくても旨いもんが食えて助かるぜ」

「と言いつつ、かみさんの料理が恋しくなったりしないかい」

「ふん。どんな料理を作っていたかなんて、すっかり忘れちまった。別れた女のことなんて覚えていねえよ」

辰雄は鼻で笑った。

「別れた、じゃなくて、逃げられた、ってのが正直なところだろうよ。お前さんの女遊びと酒癖に呆れ果ててな」

桂雲は辰雄をぎろりと睨めた。

「よけいなお世話だ。そんなことは、まあ、どちらでもいいさ。遊び回って朝帰りしても、昼間から酒を鱈腹《たらふく》呑んでも、煩く言われなくなって、せいせいしてるぜ」

「気持ちも分かるがな」

辰雄はまた酒を注ぎ、手酌でも呑む。辰雄は髷を結っているが、桂雲は坊主頭だ。頭の形がよく、地肌の色艶もよいので、似合っている。二人とも恰幅《かっぷく》がよく、髪型は違えど似たような背格好なので、裏稼業の際には巧みに入れ替わることもあった。

熱々の牡蠣を食《は》み、酒を啜り、桂雲の坊主頭はいっそう艶々と輝いていく。桂雲は、正月から吉原に入り浸りだったことをにやけながら話した。辰雄は黙って聞き、呆れたように言った。

「よくもまあ、そんな元気があるな。俺は女遊びをするぐらいなら、寝ていたほうがよい。実際、寝正月だった」

「元締めよ、男だって色気がなくなっちゃ、お終《しめ》えだ。あんた、ちょいと真面目過ぎるな。早く老けるぜ」

辰雄は桂雲の坊主頭を眺め、息をついた。

「大きなお世話だ。だが、確かにお前さんの色艶はいいな。頭も、ぴかぴかしてる」

「そうだろ？　遊女たちに言われんだよ。あら先生、後光が差してるわ、ってね」

桂雲は、くく、と笑う。辰雄は肩を竦めつつも、桂雲を憎めずにいた。

辰雄は同心を務めていた頃から、桂雲と仲がよかった。大きな一件が続いて仕事に疲れ、肩が痛くて治らなかった時に、懇意だった口入れ屋の男が桂雲を紹介してくれて、診てもらったことがきっかけだ。桂雲の鍼灸治療はとても優れていて、辰雄の肩はすぐに治った。以来、どこか具合が悪くなると診てもらい、親しくなっていったのだ。

酒を味わいながら、桂雲がぽつりと言った。

「そういや、今年は利蔵《としぞう》の十三回忌か。早いもんだ」

「うむ。墓参りに行きたいと思っている」

辰雄は眉根を微かに寄せた。利蔵とは、桂雲を紹介してくれた、口入れ屋を営んでいた男だ。皆、歳が近かったこともあって気が合い、三人でよく呑み食いしたものだ。

当時を思い出し、辰雄はふと感傷に浸る。

利蔵は自害だった。大店の娘が乱暴されて殺され、何者かにその罪を着せられて捕まり、大番屋に留め置かれている間に舌を噛み切ったのだ。辰雄に宛《あ》てて遺書を残していて、そこには誓って無実であることが書かれていた。

「利蔵が捕まった時、俺は上役に訴えたんだ。絶対に利蔵ではない、殺しなどができる男ではない、と」

「だが与力も、あんたの先輩の同心も、頑として考えを曲げなかったんだよな。利蔵を下手人だと決めつけた」

辰雄は苦々しい面持ちで頷く。

与力に歯向かうことはできず、辰雄は己の無力さを嘆いた。辰雄は薄々と気づいていたのだ。もしや、大店の娘殺しには、奉行所の中の何者かも関わっていたのではないかと。

利蔵の遺書には、下手人はおそらく同業の者だと思われる、と書かれてあった。疑わしい口入れ屋の主人の名前も記されてあり、恨みを晴らしてほしいと綴られていた。

口入れ屋には、真面目な商いをする者もいれば、いかがわしい商いをする者もいる。利蔵は前者であったが、利蔵が記していた口入れ屋は後者だと思われた。

「利蔵が亡くなった後、俺は密かに口入れ屋を調べてみた。やはり怪しげであったが、証《あかし》がない。どのようにして利蔵の恨みを晴らそうか迷っていたところ……半年ほど経って、そいつも溺死してしまった」

「あん時、俺も野次馬のふりをして、引き揚げられた骸を見にいった。川に浮かんでいたところを見つけられたんだよな。骸の様子だけでは、酔って足を滑らせたのか、自ら飛び込んだのか、はたまた誰かに突き落とされたのか、分からなかった」

「そこで俺は、頭を働かせたんだ。口封じのために、奉行所にいる主犯が殺《や》ったのだろうと」

辰雄には、主犯に心当たりがあったのだ。石崎《いしざき》という与力だった。上役には媚《こ》びを売り、配下には威張り散らし、女好きで賄賂は茶飯事。つまりはいけ好かない男なのだが、利蔵を下手人だと断言したのも、石崎だった。

桂雲は酒を一息に干した。

「俺も手伝って、石崎を調べてみると、溺死した口入れ屋の主人とも繋がりがあったことが分かったんだよな」

石崎は辰雄より一足先に、隠居をした。辰雄も息子に家督を譲って隠居をすると、長らく抱いていた腹案を実行に移した。

利蔵の恨みを晴らすべく、辰雄は石崎を仕留め、仇討ちを果たしたのだ。桂雲にも力添えしてもらった。

「俺が石崎を呼び出して、油断させて押さえつけて問い質《ただ》したんだ。奴《やつ》は白状したが、こうも言った。――そんな昔のこと、今さら蒸し返さなくてもいいではないか。金ならやるぞ――と」

「開き直りが、俺たちをますます憤らせたんだよな」

激怒した辰雄が口笛を吹くと、隠れていた桂雲が現れ、即座に眠くなるツボに鍼《はり》を打ち、石崎を眠らせてから川に流したのだ。

翌日、石崎は骸となって川に浮かんでいるところを見つけられた。外傷はなく、足を滑らせた事故として片付けられた。

仇を討ったからといって利蔵が帰ってくる訳ではないので虚《むな》しさは残ったが、胸の痞《つか》えは、少しは下りたような気がした。辰雄だけでなく、桂雲も同じ思いだったであろう。

だが、二人ともまだ蟠《わだかま》りが残っている。石崎は命乞いをしながら、言ったからだ。

——俺のほかにだって、仲間がいたんだ。なのに、どうして俺だけ——と。

だから辰雄も桂雲も、仇討ちはまだ終わってはいないと思っている。石崎を殺めたことを辰雄も桂雲も悔やんではいるが、二人だけの後ろ暗い秘密が、彼らをいっそう結びつけたのだろう。

同心をしていたがゆえに、辰雄は裏の世界もよく知っており、法では解決できぬ人の恨みについても理解があった。そこで、石崎を仕留めたことを皮切りに、仇討ち屋を裏稼業とするようになったのだ。

相棒には桂雲と、密偵だったお稲を、まずは選んだ。三人で相談し、石崎はともかく、今後はなるべく殺めずに仇討ちをしていこうと決めた。それゆえ後から仲間に加わったお蘭たちは、殺しに手を染めるようなことはしていない。

殺さずに仇討ちを果たすということが、闇椿の志すところであり、美学なのである。闇椿の目的とは、仇討ち相手の罪状を世間に知らしめ、二度と悪事ができなくなるようにする、ということだ。痛めつけはしても、殺しはしないのである。

しかしながら闇椿に痛めつけられた者たちは、以降はお天道様に顔向けができなくなり、ある意味、死ぬより辛い人生が待ち受けているかもしれない。

桂雲は酒を啜って、にやりと笑った。

「元締めよ、闇椿ってのは、洒落てるよな。周りが勝手につけた名だが、俺は気に入ってるぜ」

辰雄も笑みを浮かべた。

「俺もだ。仇討ちの代行をする度に、椿の花を傍らに置いておいたら、闇の仇討ち人、闇椿と呼ばれるようになった」

「今みたいに寒い時季には、真紅の冬椿。暑い時季には、真白の夏椿。ほかの時季には、精巧な造り物の椿の花を、置いておく。この世の闇に艶やかな椿だけを残し、俺たちの正体は分からねえ、と」

「正体を摑《つか》めるものなら、摑んでみろ、とな」

男二人で盃を傾け合う。

「だが元締めよ、このところ依頼がないようだな」

「今日も見に行ったんだが、依頼の文《ふみ》は結ばれていなかった」

「平穏ってことか」

顔を見合わせ、笑みを浮かべる。

辰雄率いる闇椿への仇討ちの依頼は、このようにして行う。尾上町の近くには回向《えこう》院《いん》があるが、その裏手の小さな稲荷《いなり》には木蓮《もくれん》が立っている。その枝に、仇討ちの内容と、頼み人の名前を書いた紙を、結び文のようにして括《くく》りつけるのだ。

木蓮は丈がそれほど高くないので、女や子供でも結びやすい。

辰雄はそれをこまめに確かめていて、――これならば引き受けてもいい――と思ったものを選び、六助と七弥に頼み人の身元を調べてもらう。特に問題がないようであれば、辰雄が返事をする。

薄紫色の紙に、引き受けることを考える旨と、面談の日時、待ち合わせの場所を記して、依頼の文に重ねるようにして括りつけておくのだ。

牡蠣鍋を空にした後も、二人はだらだらと酒を呑んだ。桂雲は大きな欠伸《あくび》をして、目を擦《こす》る。

「ああ、なんだか帰るのが面倒になっちまった」

「泊まっていけばいいじゃねえか」

辰雄を眺め、桂雲はにやりと笑った。

「さすが元締め、話が分かる」

「雪が降る中、滑って頭でも打ったりしたら、事だからな」

「恩に着るぜ。今度は元締めが俺んちに泊まりにこいよ」

「お前さんとこは、急に女が訪ねてきたりするからなあ」

辰雄がぼやく傍らで、桂雲はごろりと横になり、すぐさま寝息を立て始める。辰雄は苦笑いだ。

手酌で呑んでいると、寝息は鼾《いびき》に変わり、徐々に喧《やかま》しくなって、辰雄は眉を八の字にした。

その時、戸を激しく叩く音が聞こえた。

五

沢井勝之進は岡っ引きの善五郎《ぜんごろう》とともに、赤麻呂殺しについて探索を続けていた。

善五郎は齢四十二、手練《てだ》れの岡っ引きだ。仕事に長《た》けている彼を、勝之進は頼りにしている。

赤麻呂が住んでいたのは、造りもよくて、綺麗な長屋だった。家賃も決して安くはないと思われる。住んでいるのも、芝居に関わっている者たちや、料理屋の仲居や、板前や、髪結いなどが多い。だから、赤麻呂が殺された時の様子を知ることは、骨が折れた。住人たちの殆《ほとん》どは、仕事上、帰ってくるのが遅かったからだ。

赤麻呂は部屋の中で、背中を刺されて死んでいた。首にも斬られた跡があった。骸を見つけたのは、頼んでいた絵を受け取りにきた板元の男で、五つ半（午前九時）頃だったという。

勝之進が駆けつけたのは四つ（午前十時）近くで、死後、既に半日以上が経っていると思われた。

骸の様子から、勝之進の勘だと、赤麻呂が殺されたのは、前日の六つ半（午後七時）から五つ（午後八時）の間だ。だが、その頃に帰ってきていた者はこの長屋では少なく、詳しく話を聞くことができなかった。骸を検《あらた》めた医者も、殺された時刻については、勝之進と同様の考えだった。

その頃、長屋にいたというおかみさんたちも、言うことがばらばらだった。物音のようなものが聞こえた、と言う人もいたが、何も変わった様子はなかった、と言う者もいた。

赤麻呂が殺された夜は雨が激しかったので、叫び声や物音が紛れてしまったとも思われた。

赤麻呂の部屋には絵が散らばっていたが、荒らされた跡はない。また、大金が入った甕《かめ》が床下から見つかった。

――ってことは盗みではなく、怨恨が原因だったのか。

勝之進は怨恨の線で探索を進めていた。

骸が見つかって三日目、昨日の雪がまだ残っていて泥濘《ぬかる》む道を、善五郎とともに急いだ。赤麻呂の骸を見つけた、板元〈田丸屋《たまるや》〉の主人に、もう一度話を聞くためだ。

善五郎は小柄だが頑健で、苦み走った顔をしている。

「初めに見つけた者が怪しいってのは、ありやすよね」

「まあな。長屋の者たちに聞き込んだ時、赤麻呂は金持ちだったがケチだったと言ってただろう。金に汚かったのならば、仕事相手の板元と何か揉《も》めたのかもしれない」

勝之進はばら緒の雪駄《せった》で道を踏み締め、黒羽織を翻して急ぐ。勇ましい姿に、見惚《みと》れる女もいた。

田丸屋は日本橋の村松町《むらまつちょう》にあり、二人で中に入って十手《じって》をちらと見せると、手代がすぐに中に通した。

奥の部屋で、勝之進たちは、主人の初太郎《はったろう》と向かい合った。初太郎は眉毛が薄く、公家《くげ》のような顔立ちをしている。のっぺりとしていて、表情から気持ちが読み取れないような男だ。

――どうも臭うぜ。

勝之進は訝《いぶか》りつつ、話しかけた。

「もう一度、率直に訊こう。赤麻呂は、恨みを買うような者だったのだろうか」

初太郎は首を傾げた。

「確かに癖はある人でしたが、絵を描く仕事をしていたぐらいですから、感性が鋭くて当然だったと思います。ですが、前にも申し上げましたが、憎まれるような人ではなかったですよ。まあ、絵師の世界にもいろいろな人がいますから、妬《ねた》まれたのかもしれませんね。赤麻呂さんは売れていましたので」

初太郎の答えに、勝之進は目を光らせる。

「結構、稼いでいたようだな」

「はい。私たちの注文のほかにも、赤麻呂さんは、得意先がありましたからね。大きな商家や、武家などにも出入りして絵を描き、抱えられていました」

「お抱えでもあったのか。ならば儲かるな」

勝之進は腕を組み、考えを巡らせた。

――大店や武家に抱えられていたというなら、常識がない訳ではなかったのだろう。不調法な者ならば、出入りできるはずがない。

勝之進は厳しい面持ちで訊ねた。

「お前さんは赤麻呂と揉め事を起こしてはいなかったか」

初太郎は首を大きく横に振った。

「まったくございません。気持ちよくお仕事していただくために、お約束どおりのお金を払い、たまには料理屋でご馳走させていただきました」

勝之進は初太郎を見つめた。

「惜しい人を亡くしたな」

「まことに。あの絵がもう見られないとは……残念で仕方ありません」

初太郎は肩を落とし、項垂《うなだ》れた。

田丸屋を出ると、勝之進は善五郎に言った。

「赤麻呂が殺められたと思《おぼ》しき刻、初太郎がどこで何をしていたか、探ってみてくれないか」

「合点です。聞き込んでみやすよ」

「頼んだぜ」

二人は頷き合う。善五郎は早速駆け出していく。勝之進は、赤麻呂が住んでいた芳町の長屋へと再び向かった。

まだ日が高いので、長屋の住人たちは仕事へいってしまって殆どいなかった。大家を捕まえて話していると、齢十九ぐらいの娘が長屋の木戸を通って中に入ってきた。大家と目が合い、娘は会釈をする。大家も返した。

娘が長屋の一軒に入っていくのを見届け、勝之進は首を傾げた。

「今の娘も住人なのか？　前に調べた時には見かけなかったが」

大家は苦い笑みを浮かべた。

「あの娘は、決まった相手がいましてね。男のところに泊まることが多いんです。そろそろ所帯を持つようですし、悪いことをしている訳ではないんで、旦那、野暮なことは言いっこなしで」

大家が唇に人差し指を当てる。娘は恋人のところで過ごして、数日家を空けていたようだ。今度は勝之進が苦笑した。

「娘が外泊したといって、しょっ引くなんてことはしない。いろんな者たちがいて、楽しそうな長屋だ。赤麻呂のことは、皆、驚いただろうが。さっきの娘も話を聞いたら、吃驚《びっくり》するだろう」

「そうでしょうねえ」

大家が頷く。

少しして、先ほどの娘が、姉らしき女と家を出てきた。二人は、勝之進たちの傍《そば》に来て、頭を下げた。勝之進は、姉らしき女には既に訊ねていたが、料理屋の仲居をしており、赤麻呂が殺されたと思しき刻限には帰宅しておらず、手懸かりは得られなかった。

女が、勝之進に言った。

「赤麻呂さんが殺されたことを妹に話しました。妹はその刻に家にいたので、おかしな様子を感じ取ったようです。お話ししたいというので、連れてきました」

勝之進は思わず身を乗り出す。大家も面持ちを引き締めた。

「おかしな様子とは、いったい、どのようなことだ」

勝之進が勢い込んで訊ねると、娘はおずおずと答えた。

「はい。赤麻呂さんが殺されたと思われる頃、叫ぶような声が聞こえたんです。雨が降っていたし、赤麻呂さんの家とうちの間には二軒あるので、薄らとですが。恐る恐る腰高障子《こしだかしょうじ》を微かに開けて、見てみました。そうしたら……赤麻呂さんの家から、男の人が飛び出してきたんです」

勝之進は娘を食い入るように見た。

「どんな男だった？　いくつぐらいだ」

「若い人でした。齢二十から二十三ぐらいではないかと。背丈は普通ぐらいで、ほっそりしていて、職人風です」

姉が口を挟んだ。

「妹は、前にも男を見たことがあるというんです」

「なに？　そうなのか」

勝之進が詰め寄ると、娘は少々後ずさりつつ頷いた。

「はい。……確か、以前にも、赤麻呂さんを訪ねてきたことがあったのではないかと。その時も、大声で何か言い争っていたような気がしました」

「どのようなことを言い争っていたのだろう」

「すみません。そこまでは聞き取れませんでした。でも、若い男の人が、ふざけるな、などと声を荒らげていたのは覚えています」

勝之進は眉根を寄せた。

「臭うな。……お前さん、そいつの顔は覚えていないか」

「ぼんやりとですが、覚えてはいます。中村座の役者に、似ている人がいるので」

「なに？　まさか、役者本人ってことはないよな。同じ者だったと」

娘は苦い笑みを浮かべた。

「いえ、それはないです。でも、男の人を見た時に、ぱっと思ったのです。役者と、顔の感じが似ているなって」

「じゃあ、似面絵《にづらえ》が作れるかもしれないな。手伝ってもらえるかい」

「はい。私でよろしければ」

娘は頷いた。娘も料理屋の仲居をしているそうだが、仕事に行くのは月に二十日ほどのことで、家で過ごす時間も姉よりは多く、男を目撃できたのだろう。


娘と、懇意の絵師に頼み、勝之進は、男の似面絵を作った。長い眉、円い目、筋が通った鼻、大きな口、尖った顎。確かに目立つ面立ちなので、捜しやすいと思われた。

勝之進は似面絵を手に、探り始めた。善五郎にも手伝ってもらおうかとも思ったが、彼は初太郎を探っているので、一人でまずは長屋の周りを聞き込んでいく。

善五郎と親父橋《おやじばし》のたもとで落ち合う約束をしている夕刻まで、似面絵を手に、猛々《たけだけ》しく駆け回った。

「こんな顔をした、職人風の男に心当たりはないか」と。

声をかけてくる者がいて、勝之進は立ち止まった。

六

花蝶屋に入ってきた勝之進を見て、お蘭は目を瞬かせた。非常に険しい面持ちだったからだ。

　勝之進を座敷に上げ、お茶を出し、訊ねてみた。

「お仕事、お忙しいみたいですね」

「うむ。八洲赤麻呂の殺しだが、解決するのに思ったより時間がかかりそうだ」

　苦々しく言いつつも、お蘭が淹れたお茶を啜ると、勝之進の面持ちは徐々に緩み始める。白い着物に水色の帯を結んだ、お蘭の清楚な姿が、眩《まぶ》しくて仕方がないようだ。

「探索がお進みにならないのですか」

　勝之進はおもむろに懐から似面絵を取り出し、差し出した。

「この男に心当たりはないか？　どうも、こいつが怪しいのではないかと見られているんだ」

　お蘭は似面絵をじっくりと眺め、再び首を傾げた。

「若い方ですよね」

「二十から二十三ぐらいのようだ」

　勝之進は、どうして男が疑われているのか、聞き込みの経緯《いきさつ》をお蘭に掻《か》い摘《つま》んで話した。

「そうなのですか。……でも、申し訳ございません。私は、覚えがありません。どこかで見たような気もするのですが、はっきり思い出せなくて」

眉を八の字にするお蘭に、勝之進が言った。

「中村座の役者に、似ている者がいるというが。聞き込みをしていて、何人かに呼び止められはしたんだ。もしや役者ではありませんか、と。だが、目撃した娘によると、あくまで似た者だという」

お蘭は目を上げ、近くを通りかかったお稲を呼び止めた。お稲が慌ててやってくると、お蘭は似面絵を差し出し、訊ねた。

「この人に見覚えはない？　中村座の役者に、似ている人がいるそうだけれど」

だがお稲も首を捻《ひね》るばかりだ。お稲は似面絵を借りて、お藤とお桃にも見せにいった。三人が姦《かしま》しく話し合っているのを、お蘭と勝之進は遠目に窺う。少ししてお稲が戻ってきて、勝之進に告げた。

「あの二人も覚えがないようですが、似ている役者は、お藤が知っていましたよ。瀬《せ》谷《や》雪之介《ゆきのすけ》という女形だそうです」

「なに、女形か」

「そのようです」

勝之進は腕を組み、目を泳がせた。

「ならば、もしや本当に、雪之介って女形の仕業なのではないかな」

お稲はゆっくりと頷いた。

「あり得なくはないでしょうね」

お蘭が口を挟んだ。

「目撃した娘さんは、役者と同一の者ではないと、はっきり仰ったんですよね」

「そうだ。だが、それほど似ているなら疑わしくもある。雪之介も一応、調べてみよう」

「赤麻呂さんは役者の絵も描いていましたから、何かの繋がりがあったかもしれません」

勝之進はお蘭に力強く頷いた。

「うむ。早速探ってみる。お茶、旨かった。また報せにくるぜ」

勢いよく立ち上がる。店を出る間際に、お蘭に手土産を渡した。

「煎餅《せんべい》だ。皆で食べてくれ」

「お忙しい時にお心遣いいただき、申し訳ございません。……でも、嬉しいです」

お蘭は恐縮しつつ、笑みを浮かべる。

「またな」

勝之進はお蘭の肩にそっと手を置き、店を後にした。

「ありがとうございました」

大きな背中にお蘭が声をかけると、勝之進は振り向き、野性味のある顔に笑みを浮かべて、手を振った。

突然、お稲が中から出てきて、叫んだ。

「旦那！　忘れ物ですよ！」


聞き込みを終えると、勝之進は溜息をつきながら蕎麦屋に入り、葱《ねぎ》と揚げ玉がたっぷりかかった蕎麦を豪快に手繰った。

女形の瀬谷雪之介を調べてみたが、赤麻呂が殺されたと思しき刻の、確かな証があった。中村座の舞台に立っていたのだ。

だが勝之進は、芝居小屋の者たちに食い下がった。

——役者は厚塗りの化粧をしているだろう。顔などいくらでも誤魔化せるに違いない。つまりは舞台に立っていたのは、雪之介ではなくて、雪之介に巧みに化けたほかの役者だったってことはないか？　本物の雪之介は赤麻呂が住んでいた長屋へ行った、ってこともあり得るよな。

人気役者の雪之介を皆で庇《かば》っているのではないかと疑うも、芝居小屋の者たちは揃って首を横に振った。中村座の主人が、代表して答えた。

——そんなことはあり得ません！　確かに雪之介本人でした。どうしてもお疑いになるのでしたら、観ていた者たちにもお訊きになってみてください。演じていたのは雪之介に違いないと、明らかにしてくれますでしょう。

勝之進は主人を睨めた。

——観客には、たとえば誰がいた。

——大奥の女中の方々がお見えになっていました。私が気づいた限りでは、日本橋の呉服問屋〈波多野屋《はたのや》〉のお内儀様や、京橋《きょうばし》の人形問屋〈紅音屋《あかねや》〉の大旦那様と大内儀様もいらっしゃっていました。

——分かった。彼らにもちょいと訊いてみるぜ。……ところで雪之介は、赤麻呂に描いてもらったことはあるのだろうか。

芝居小屋の者たちは目と目を見交わす。再び主人が答えた。

——一度だけでしたが、ございます。その絵を、雪之介もとても気に入っております。

——面識はあったんだな。話してくれてありがとよ。また何かあったら頼む。

勝之進は怖い面持ちで礼を言い、黒羽織を翻して中村座を出て、足を踏み鳴らしながらまずは波多野屋へと向かった。

だが、波多野屋の内儀も、京橋の紅音屋の大旦那夫婦も、答えは同じだった。——舞台に立っていたのは、瀬谷雪之介で間違いございません——と。どちらの内儀も雪之介の贔屓で、彼目当てに行ったのだから、見紛う訳がないとのことだった。

蕎麦で空腹を満たしつつ、勝之進は考えを巡らせる。赤麻呂を殺したのは雪之介ではなく、やはり長屋の娘が言っていたように、あくまで似た者のようだ。

あっという間に食べ終え、懐から似面絵を取り出し、溜息をつく。意気込むあまりに、花蝶屋を出る時、落としてしまったことに気づかなかった。お稲が慌てて駆けてきて渡してくれたが、お蘭の前でドジな面を晒《さら》してしまった。気づかず申し訳ありませんでしたと、お蘭を恐縮させたことも、悔やまれる。

勝之進は似面絵をしっかりと懐に仕舞い、楊枝《ようじ》を銜《くわ》えて蕎麦屋を出た。再び聞き込みに走るのだ。

岩代町《いわしろちょう》のあたりを回っていると、善五郎が小柄な躰を揺さぶりながら駆けてきた。

「旦那！」

善五郎の形相から何かを摑んだことが窺われ、勝之進も緊張する。勝之進の傍らまでくると、ぜいぜいと息をつきながら、額の汗を腕で拭った。寒い時季でも全力で駆ければ汗が出る。

「何か分かったか」

勝之進が勢い込んで訊く。善五郎は苦み走った顔で頷き、声を低めた。

「ようやく摑みやした。板元の旦那の初太郎ですが、赤麻呂が殺されたと思しき頃、芳町の陰間茶屋で遊んでいたようです」

　意外な報せに、勝之進は眉を八の字にして、訊き返した。

「男を買っていたというのか」

「さようで。奴の行きつけの店の者たちが、皆、証言しやした。しかも一人ではなく二人が相手をしていたようで。初太郎、男色家と思われやす」

　勝之進は複雑な思いになる。――それを報せるために、あんなに真摯な面持ちで駆けてきたのか――と。だが、善五郎を叱ることはなかった。

「よく調べてくれた。初太郎には証があるってことか。……だが、自分で手を下さなくても、別の誰かにやらせたということもあるが」

「似面絵の男が、手下ってこともあり得やすよね。いろいろ聞き込みしやしたが、初太郎が赤麻呂と揉めていたってことはないようですが」

　勝之進は腕を組み、目を泳がせた。

「うむ。初太郎の見張りと聞き込みはひとまず置いておくか。似面絵の男を、とにかく捜そう。お前も手伝ってくれ」

「かしこまりやした」

　善五郎は面持ちをさらに引き締め、勝之進が手にした似面絵を眺めて、言った。

「そいつも陰間ってことはありやせんよね」

勝之進は目を見開いた。

似面絵の男は女形に似ているので、陰間であっても不思議はないと、善五郎には似面絵を持って陰間茶屋をあたってもらうことにした。初太郎が馴染《なじ》みの陰間を殺しの手先にしたとも考えられる。分担し、勝之進は町中を捜し続けた。

二人が懸命に探ってもなかなか収穫はなかったが、ついに手応えがあった。

芳町と高砂町《たかさごまち》の真ん中あたりの長谷川町《はせがわちょう》で聞き込んでいる時、似面絵をじっくりと見て、あっと声を上げた男がいたのだ。

「もしや優太《ゆうた》じゃないかな？　経師屋《きょうじや》で働いている職人ですよ」

「なに、本当か？　よく聞かせてくれ」

意気込む勝之進に気圧《けお》されつつ、男は話した。経師屋とは、掛軸の表装や本の装丁、襖や障子の張替えなどを手がける者のことだ。

男は鋳掛屋《いかけや》だそうで、優太とは見知りだという。鋳掛屋とは、鍋《なべ》や釜《かま》などの鋳物を、はんだなどで修理する者だ。

「優太は、この町の〈山水堂《さんすいどう》〉っていう経師屋で働いてますよ。優太はどこかの役者に似ているとよく言われて、腕がよい職人だとも評判です。……だから、絵には確かに似ているけれど、人を殺めたりはしないとは思うのですが」

「うむ。だがな、腕がよいからといって、人柄もよいとは限らないからな」

勝之進に鋭い眼差しで見据えられ、男はたじろぐ。男は咳払いをして、また話し出した。

「はい。そうかもしれません。優太は仕事に対しては真面目ですし、酒もあまり呑まず、女は恋人一筋なんです。でも、博打《ばくち》には目がありませんでした」

「博打だと？」

勝之進が繰り返すと、男は頷いた。

「寺社で縁日や祭日に開かれる賭場に、よく行ってましたよ。俺もたまに行くんで、そこで見知りになったんです。旦那の前だから言う訳ではありませんが、俺は法度に背く賭け事はしません。でも、優太はどうなんでしょうね。もしや危ない賭場にも出入りしていて、何か揉め事になったのでは」

勝之進は目を泳がせる。

「赤麻呂も賭場に行っていたんだろうか」

「絵師のことまでは分かりません。すみません」

勝之進は、男の肩を叩いた。

「いや、謝らなくていいぜ。ところで、優太がどこに住んでいるか知っているかい」

「隣の新和泉町《しんいずみちょう》の、確か、銀杏《いちょう》長屋ってところです。庭に、大きな銀杏の木が立っているとのことで」

「そうか。教えてくれて礼を言うぜ。助かった」

男は神妙な面持ちになった。

「お力になれて嬉しいですが、優太をしょっ引くんですか」

「いや、まだ分からない。だが、俺がお前さんにいろいろ訊いたってことを、優太には話すなよ。逃げられたら困るからな」

勝之進が狼の目つきで凄むと、男は震え上がった。

「は、はい。誓って言いません」

「うむ。何かあったら、また力添えをよろしく頼む」

「かしこまりました」

勝之進に背中を勢いよく叩かれ、男は複雑そうに顔を顰《しか》める。

「あ、そうだ」

急に思いついたかのように、勝之進は男に訊ねた。


勝之進と善五郎は、新和泉町の銀杏長屋に向かった。六つ（午後六時）過ぎだが、優太はまだ帰っていなかった。

日は落ち、すっかり暗くなっている。長屋の様子を窺いながら、勝之進は声を低めた。

「優太を引き立てるのは、今日は、まだやめておくか」

「話を聞いてもいいと思いやすが、慎重にいきやすか」

「うむ。まだ証が足りないような気がするな。赤麻呂との繋がりも見えてこない。似てるってだけでは、他人の空似だ、で言い逃れできちまうからな。もう少し、優太を探ってみようぜ」

「合点です」

暗闇の中、男二人は頷き合う。勝之進は腕を組んだ。

「さっきの男、優太の恋人のことまでは詳しく知らなかったな」

「案外、美人で、隠しておきたいんじゃありやせんかね」

「うむ。気持ちは分かるが、どんな者か、一応摑んでおいたほうがいいだろう」

「へい。調べてみやす」

善五郎がしかと返事をしたところで、長屋に戻ってくる人影が見えた。

七

その頃、辰雄は、浜町川《はまちょうがわ》に架かる千鳥橋《ちどりばし》のたもとに出ている屋台の蕎麦屋で、一杯やっていた。いわゆる、夜鳴き蕎麦屋だ。

「親爺《おやじ》、蕎麦の前に、肴は何かないか」

「蒲鉾《かまぼこ》がありやすよ。山葵《わさび》醬油《じょうゆ》で如何ですかい」

「それでいい」

「へい」

肌寒い夜、白い息を吐きながら燗《かん》酒を啜っていると、逞《たくま》しい躰つきの男が隣に腰を下ろした。辰雄は笑みを浮かべた。

「おう、勝之進。待っていたぜ」

「先輩を待たせちまって、すみません」

勝之進は頭を搔いた。辰雄と勝之進は、旧知の仲である。勝之進が駆け出しの同心だった頃、辰雄が指導していたのだ。勝之進は辰雄を第二の父親のように慕い、未《いま》だに懐いている。

善五郎も、以前は辰雄の手下の岡っ引きだったのだ。辰雄が同心を退く時に、何人かいた岡っ引きの一人である善五郎を、勝之進の手下へと回した。善五郎は経験が長く、岡っ引きの仕事に長けているので、勝之進はありがたく思っているようだ。

後輩が未だに自分を慕ってくるのは嬉しい反面、辰雄にしてみれば何とも言えぬ思いもあった。なにせ今や仇討ち屋を営んでいるからだ。法的にすれすれのことをする時もあるので、ばれたらまずいと思いつつ、何食わぬ顔で付き合っている。

幸いなことに、辰雄の稼業に、勝之進はまったく勘づいていないようだ。石崎に手を下したことは、特に気づかれたくはない。

ばれたくはないが、いざとなったら、辰雄は身をくらましてしまうつもりでいる。なるようになれ、というのが辰雄の信条であり、怖いものもさほどない。息子はいるものの、妻が亡くなってから、辰雄は腹を据えてしまったようだ。だからこそ、仇討ち屋などができるのだろう。

二人はまずは酒を一杯干して、息をついた。

「旨いっ」

「須賀さんと呑む酒は最高だ」

二人は盃を傾け合う。どこからか犬の遠吠《とおぼ》えが聞こえてくる。辰雄は褞袍《どてら》の衿元《えりもと》を合わせながら、訊ねた。

「仕事は順調かい」

「まあまあです。今、絵師殺しの探索をしてるのですが、怪しい奴を見つけたところで」

「絵師というと、赤麻呂のことか」

「さすが須賀さん。お耳が早い」

辰雄は勝之進の盃に酒を注いだ。勝之進は恐縮しつつ口をつける。辰雄が訊ねた。

「怪しいというのは、どういった者だ」

勝之進が優太のことを話すと、辰雄は眉を微かに寄せた。

「経師屋なのか。いったい赤麻呂とどこで繋がりがあったんだろう。やはり博打か。あるいは、経師屋は屏風《びょうぶ》や襖に絵を貼り込むこともあるから、仕事絡みだろうか」

「ああ、なるほど。そちらの面からも探ってみます」

勝之進は素直に辰雄に頭を下げる。勝之進は仕事の面で未だに自分を頼りにしているようだと、辰雄も気づいていて、さりげなく示唆することがあった。

「探ってみてくれ。ところで赤麻呂には、家族はいたのかい」

「女房はいたみたいですが、別れたようです。長らく独り暮らしだったみたいで。子供がいたかどうかは、はっきり分かってません」

「そうか。いくつだったんだ」

「五十三です」

「女に関してはどうだったんだろうな。金を持っていたみたいだから、もてねえってことはなかったと思うが」

「骸の姿しか見てませんが、見た目も悪くはありませんでした。だから、女とも、それなりに付き合いはあったでしょうね」

「一応、探ってみるといいかもしれねえな」

「調べてみます。あ……もしや」

勝之進は盃を持つ手を止め、目を大きく瞬かせた。

「どうした。何か気づいたか」

「いや……。考え過ぎかもしれませんが、赤麻呂は実は男のほうが好きで、もしや優太は恋人だったのではないか！　なんてことを考えてしまいました」

頭を搔く勝之進を眺め、辰雄は苦笑した。

「男同士が痴話喧嘩の果てに、若いほうが年輩を刺したってことか」

「やっぱり考え過ぎですよね。優太には恋人がいるそうですが、まだどんな者かはっきり分かってないので、男ってのもあり得るかと」

「あり得なくはねえが、赤麻呂とはちいと歳が離れ過ぎているようにも思うな」

「確かに。三十近く離れてますもんね」

「まあ、父親が息子を可愛がる感覚で、睦《むつ》まじくしていたのかもしれねえけどな。調べてみてもいいかもしれん」

「はい。男と女、両方の線から調べます！」

勝之進は鼻息荒く、意気込む。

善五郎から陰間茶屋の一件を聞いて、赤麻呂と優太のもしやの仲を思いついたと勝之進が言うと、辰雄は納得した。

勝之進にはもちろん言わないが、闇椿の仲間である六助と七弥を思い出していた。先日の雪の日も、桂雲が寝込んでしまった後に辰雄の家を訪れ、下り酒が手に入ったのでと、差し入れを置いて帰っていった。辰雄と桂雲は彼らの恋心を薄々知っていて、時に複雑な気分になるが、六助も七弥も弁《わきま》えているので、手下として可愛がっている。

勝之進は蒲鉾を嚙み締め、溜息をついた。

「優太の長屋をずっと見張ってましたが、仕事が忙しいのか、どこかで遊んでいるのか、帰ってこなくて。やっと帰ってきたと思いきや、ほかの住人で、優太ではありませんでした」

「その者に、優太について訊ねてみたか」

勝之進は首を横に振った。

「やめておきました。同じ長屋の住人には、慎重にいきます。勘づかれて、優太に逃げられるとまずいので」

辰雄は勝之進の肩を叩いて、励ました。

「よい考えだ。充分に気をつけて、攻めていけ。証を摑んで、早く下手人を挙げられるよう、期待してるぜ」

蒲鉾がなくなったところで、蕎麦を頼む。勝之進は蕎麦が大好物なので、大盛りを頼んだ。辰雄と勝之進は並んで、海老《えび》と小松菜の大きな搔き揚げが載った蕎麦を手繰る。湯気が立つ汁を啜ると、爪先まで温《ぬく》もっていくような寒い夜、空には無数の星が瞬いている。

辰雄はふと思った。

――お蘭が俺の裏稼業の仲間だと知ったら、勝之進、腰を抜かすほどに驚くだろうな。

勝之進がお蘭に夢中なことは、お稲から聞いて、辰雄はもちろん知っていた。

辰雄が勝之進と一杯やっている頃、花蝶屋では、お蘭も交えて、お稲がお藤とお桃の相談に乗っていた。二人の仇討ちについてだった。

第二章　可憐な頼み人

一

「お藤、あんたはお父《とっ》つぁんの後妻と、お父つぁんの使用人だった大番頭に仇を討ちたいんだよね」

お稲に訊かれ、お藤は大きく頷いた。

お藤は、もともとは日本橋の大店の呉服問屋の娘で、甘やかされて育った。だが母親が亡くなり、父親が後妻をもらうと、事態は一変した。後妻と上手くいかず、いびられるようになり、当時仲がよかった男と駆け落ちしたのだ。

「その頃、私は十六だったわ。品川《しながわ》のほうで男と仲よく暮らしていたんだけれど、私の我儘《わがまま》な性分が災いしてね。男とも喧嘩別れをしてしまったの」

失意の中、お藤は一年半ぶりに実家に戻ることにした。実家の様子が、不意に気になったのだ。

帰ってみて、お藤は驚いた。店が仕舞われていたからだ。近所の者たちに訊ねてみると、どうやら金を持ち逃げされて、店は潰《つぶ》れてしまったようだった。

「必死で家族を捜すと、お父つぁんは、裏長屋で病床に伏していたわ。大店の主人だけあって傲慢なところもあったけれど、痛々しい姿になっていてね。私、思わず涙してしまったの」

お藤は一息つき、続けた。

「お父つぁん、今わの際で、私に言ったわ。瑠梨《るり》が大番頭と示し合わせて金を持って逃げたのだ、酷い目に遭わされた、って。あ、瑠梨って、後妻の名前ね」

後妻は大番頭と古い仲だったらしく、お藤の父親に近づいたのも、すべては謀ったことだったと分かった。

お稲は溜息をついた。

「お藤のお父つぁんは、あいつらが許せぬ、と言って息をお引き取りになったんだよね」

「ええ。後妻を娶《めと》ってからのお父つぁんの態度には腹が立っていたけれど、最期があまりにも悲しくてね。お父つぁんが気の毒で、怒りが募ったの」

お藤は父親の恨みを晴らすべく、逃げた後妻と大番頭を追っているのだ。

「でも、ふと考えることがあるのよ。どこか遠く、九州だとか、はたまた琉球《りゅうきゅう》のほうにまで逃げてしまっていたら、もう見つけることはできないんじゃないかって」

　項垂れるお藤の背中に、お蘭がそっと手を当てた。

「話を聞く限り、贅沢《ぜいたく》が好きそうな人たちだから、国の隅のほうには行かないんじゃないかしら。京や大坂に潜んでいることはありそうだけれど。あ、でも長崎ならば分からないわね」

「もし長崎に潜んでいるとしたら、仇討ちに行くのもたいへんだわ。いると分かれば、絶対に向かうけれど」

　お桃もお藤を励ました。

「ねえさん、その意気よ！　私だって手懸かりがないに等しいけれど、絶対に見つけてやるもん」

　頬を膨らませるお桃に、お稲が語りかけた。

「あんたは、失踪したおっ母《か》さんの仇を討ちたいんだよね」

　お桃は急に寂しげな面持ちになり、頷いた。

「そうよ。おっ母さんに付き纏っていた男と女が、絶対に怪しいと思っているの。あいつらを見つけ出してやりたいわ」

　お桃は、もともとは、ごく普通の町人の娘だった。七つの時に父親が病で亡くなってからは、母親と一緒に暮らしていた。

お桃は母親ととても仲がよく、支え合っていたが、母親がある日突然、煙のように消えて行方《ゆくかた》知れずになってしまったのだ。

「おっ母さんには好きな男の人がいた訳でもなくて、私を大切にしてくれていたの。おっ母さんと私は本当に仲がよかったから、私を捨てたなんて、考えられなかった」

ふっくらとした唇を噛み、お桃は目を伏せる。

町奉行所に相談しにいっても、冷たくされた。殺されたのならばともかく、行方知れずぐらいでは捜す人手がない、男と逃げたのではないか、などと言われ、お桃は憤慨しつつ涙に暮れた。

実は母親には、若い男女が付き纏っていたのだ。母親は、彼らに怯《おび》えているようでもあった。お桃は不審に思い、ある時、——知っている人たち？——と訊ねてみたのだが、母親は——知らないわ——と答えるばかりだった。

「でも、おっ母さんの様子は、明らかにおかしかったの。顔が青くなって、微かに震えていた。だから私は、おっ母さんの行方知れずには、彼らが関わっているのではないかと思っているの」

お蘭が訊ねた。

「その人たちって、当時、いくつぐらいだったの」

「二人とも、十七、八ぐらいだったわ。私は十三で、おっ母さんは三十五だった」

お藤は眉根を寄せた。

「そんなに歳の離れた人たちが付き纏うだなんて。お桃のおっ母さんに何の用があったのかしら」

「私も不思議で……なんだか怖くて、奉行所に行って話してみたの。でも、男女の名前も分からないので、奉行所は相手にしてくれなかったわ」

奉行所が頼りにならないので、お桃も心に決めたのだ。怪しげだった若い男女を自ら捜し出して、いったい何があったのかを解明し、母親の仇を討とうと。

「おっ母さんは、おそらくこの世にはもういないだろうって、薄ら分かっているの。……大好きだったおっ母さんを奪った奴らに、なんとしても仇を討ってやらなくちゃ！」

お桃は元気よく言いつつも、目が微かに潤んでいる。お蘭がお桃の肩に手を乗せた。

「そんなことない。おっ母さん、どこかで元気に暮らしているかもしれないわ」

お稲も言った。

「そいつらから、身をくらましただけだったとも考えられるよ」

「私もそんな風に思うわ。お桃はまだ諦めることはないわよ。男女を見つけ出して、何があったかがはっきり分かれば、おっ母さんの居場所も突き止められるんじゃない？」

お藤にも励まされ、お桃は大粒の涙をこぼした。

「みんな、優しいのね。大好きよ」

手で涙を拭いながら、お桃は顔をくしゃくしゃにして泣く。

「もう、子供みたいなんだから」

お藤がお桃を抱き締める。

「いやいや、赤ん坊みたいだよ」

お稲はお桃の頭を撫でる。お蘭は何も言わず、お桃の濡《ぬ》れた頬に、そっと手ぬぐいを押し当てた。

お桃の涙が落ち着いてくると、お稲がふと口にした。

「赤麻呂さんの仇を討とうなんて人は、いないのかね」

お蘭たちは目と目を見交わした。

二

勝之進と善五郎は、焼き立て熱々の団子を頬張りながら、赤麻呂の聞き込みを続けた。団子は、左義長《さぎちょう》の祭りでもらったものだ。

左義長とは、書き初めや注連《しめ》飾り、門松などを焼き、正月に迎えた歳神《としかみ》を炎とともに見送る、睦月《むつき》半ばに行われる火祭りである。三毬杖《さぎちょう》とも書き、古くは平安の宮中でも行われていた儀式で、どんど焼きとも呼ばれる。

勝之進たちは仕事の合間を縫って、近くの神社に立ち寄り、焚《た》き上げの火で焼いた串団子をちゃっかりもらってきたのだ。

「青空の下で食う団子って、旨いですね」

善五郎が唸る。勝之進はたちまち一本食べ、串を空に向かって放り投げた。

「無病息災を祈って食うといいんだぜ」

「旦那は祈らなくても、病気のほうが逃げていっちまいそうですよ」

勝之進は善五郎をぎろりと見た。

「俺はそんなに強い顔だというのか」

「だって旦那は、狼って言われる男じゃねえですか。下手に近寄ったら、嚙みつかれそうで」

「俺が病気に嚙みつかれるんじゃなく、俺が病気に嚙みつくというのか」

雲一つない空の下、二人は笑いながら歩いていく。途中で、勝之進は赤麻呂、善五郎は優太の探索に分かれた。

赤麻呂について聞き込みを続けると、付き合いがあった別の板元の主人が証言した。

「八洲先生は男ではなく、女人がお好きでしたよ。料理屋などで接待をしました際、芸者たちを呼ぶと喜んでいらっしゃいました。ご自分でも芸者遊びなどはなさっていたと思います。深川《ふかがわ》をお好みでした」

「羽振りがよかったようだな」

「仕事を多く抱えていらっしゃいましたから」

「武家や大店にも得意先があったようだが」

「はい。博打のほうもお好きだったみたいで」

勝之進は眉根を寄せた。

「そうなのか？　寺社などで開かれる賭場に行っていたのだろうか」

「寺社にも行っていたでしょうし、町家あるいは武家屋敷で開かれるものにも行っていたのではないかと」

武家の下屋敷では、中間《ちゅうげん》たちによる賭場が開かれることが多い。武家屋敷には同心が容易に踏み込めぬと知っていて、そのような真似をするのだ。

勝之進は腕を組み、考えを巡らせる。優太も博打好きとのことなので、ならば赤麻呂とは博打繋がりだったとも察せられた。

「いい話を聞けた。礼を言うぜ」

勝之進は強面に笑みを浮かべ、板元を後にした。

　それから善五郎と落ち合い、報せ合った。善五郎は優太について探ったことを話した。

「優太が男色ってこともありやせんでした。優太には女の恋人がいて、互いに一途《いちず》のようです。真面目な性分みてえですが、博打が好きなのは本当で、それさえなければ申し分ねえ男だと。まあ、博打で息抜きしていたのかもしれやせんが。仕事の面では、赤麻呂と接したことはないようです」

「なるほどな。で、誰から聞いたんだ」

「優太の仕事仲間の、山水堂の職人です。まずかったですかね」

　勝之進は鋭い目で善五郎を見た。

「訊ねたことを優太に話すなとは、言っておいただろうな」

「もちろんです。昼飯を奢《おご》ってやったので、大丈夫とは思いやすが」

「だが、優太はさっさと引っ張ったほうがいいかもしれない。俺の聞き込みとお前の話を合わせて考えるに、おそらく赤麻呂と優太はどこかの賭場で知り合い、博打がもとで揉めたんじゃねえかな」

「金に纏わることですかね」

「うむ。その線が尤《もっと》ものような気がする。よし、繋がりが一応は摑めたから、優太を引き立てて話を聞こう」

勝之進と善五郎は顔を引き締め、頷き合った。

二人はすぐさま、新和泉町にある優太が住む長屋へと赴き、近くの木陰で、様子を窺った。

すっかり暗くなった五つ半（午後九時）近く、優太らしき男が帰ってきて、木戸を通り、長屋の一軒へと入っていった。そこが優太の家であることは、ほかの住人から聞いて知っていたので、本人だと確信する。

勝之進は善五郎と目配せし、こっそりと木戸を抜け、長屋の中に入った。優太の家の前に立ち、勝之進は腰高障子を叩いた。中から声が聞こえた。

「どちらさんで」

「すまんが、ちょいと話がある」

勝之進が低い声を響かせる。だが、答えが返ってこない。勝之進は善五郎と目と目を見交わす。急に、家の明かりが消えた。

——まずい。

勝之進の動揺を悟ったのだろう、善五郎が押し殺した声で囁《ささや》いた。

「旦那、この長屋の家は、どこも裏口はありやせん。出入りできるのはここだけです」

二人は頷き合う。勝之進は腰高障子を、勢いよく蹴破った。

「優太、観念しろ！　一緒に来てもらおうか」

闇の中、怒声を上げる。目を凝らすと、優太が家の片隅で立ち竦んでいることが分かった。

勝之進は声を荒らげた。

「赤麻呂が殺された時、お前が家の中から出てきたことは分かってるんだ！」

隣で、善五郎が十手を掲げながら、声を潜めた。

「旦那、気をつけてくだせえ」

さらに目を凝らすと、優太が包丁を手にしていることに気づいた。勝之進もゆっくりと刀に手をかける。同心が携えている刀は刃引きしたものなので斬ることはできないが、相手を打ちのめすことはできる。

暗闇の中、三人は睨み合う。睦月も半ば、寒気すらも感じないほどに勝之進は張り詰めている。

目が慣れてくると、優太の顔が見えてきた。確かに似面絵に描かれた男とよく似ていた。優太は包丁を手に、やけに躰を震わせている。汗を流しているようでもあり、明らかに不審であった。

優太が微かに動いた。勝之進は刀を抜こうとした。

その時、開け放した腰高障子の外から、急に声をかけられた。

「どうかなさったんですか」

勝之進と善五郎は、思わず振り向いた。異変を感じて、ほかの住人が大家を連れてきたようだ。

一瞬の隙だった。優太は包丁を両手で摑み、尖端《せんたん》を向けて、言葉にならぬ喚《わめ》き声を発しながら突進してきた。優太の目は血走り、真っ赤になっている。

「うわあっ」

善五郎が叫び声を上げた。

優太の迫力に抗《あらが》えず、さすがの勝之進も身をよける。だが逃しては断じてならぬ。身を屈《かが》め、包丁を振り回しながら飛び出していこうとする優太の脛《すね》を、蹴り上げた。

「……っつ」

よろめく優太に摑みかかるも、彼は包丁を振り翳《かざ》し、がむしゃらに抗った。

大家と住人は恐れをなして逃げ出してしまったが、善五郎は果敢に勝之進に加勢した。勝之進は刀で優太の手を叩き、包丁を落とさせた。優太は呻《うめ》き声を上げ、左手で、右手を押さえた。

二人がかりで取り押さえようとした時だった。優太は懐に左手を入れ、別の包丁を取り出した。二本持っていたのだ。

優太は包丁を掲げ、善五郎の脇腹を刺そうとした。

「危ない！」

勝之進は咄嗟に善五郎に覆い被《かぶ》さり、庇った。優太が振り下ろした包丁は、勝之進の腕を斬った。血が飛び散る。

「旦那！」

善五郎が叫ぶ。勝之進は顔を顰め、善五郎も気を取られた。優太は二人を振り払い、逃げてしまった。

「俺じゃねえ！」

叫び声を、闇に響かせながら。

勝之進は腕を押さえ、善五郎とともにすぐさま追いかけたが、暗がりの中で見失ってしまった。

凍てつく夜というのに、二人の額には汗が滲《にじ》んでいる。善五郎は不安げに訊ねた。

「旦那、大丈夫ですか？　申し訳ありやせんでした」

庇ってもらった負い目で、善五郎は泣きそうな顔になっている。

勝之進の腕からは血が流れていた。袂《たもと》から手ぬぐいを取り出し、腕に巻きつけて止血する。

「こんなの大したことねえよ」

勝之進は、何度も謝る善五郎の肩を叩いた。善五郎は気を取り直しながら、言った。

「お気をつけくだせえ。あっし、ぐるりと回って、奴を捜してきやす」

勝之進は眉根を寄せた。

「それよりも取り急ぎ、このあたりの木戸番たちに申し伝えよう。罪人が通るかもしれないので、逃げ出せぬよう暫く木戸を閉めてくれ、とな。優太の目立つ点を伝え、似面絵も見せておこう。不審な者が通ろうとしたら、すぐに伝えてもらうんだ」

「分かりやした！　木戸番たちに伝えに走りやす」

善五郎はしかと頷く。勝之進も頷き返した。

「お願いする。俺は、四宿《ししゅく》の問屋場《といやば》に同じことを申し伝える。優太が江戸の外に出られないよう、封じ込めちまおう」

宿場にある問屋場には、宿役人が詰めており、人馬の出入りなども検めている。

「合点です！」

善五郎はようやく面持ちを少し和らげ、木戸番たちに伝えに走った。腕の痛みも忘れ、勝之進も走る。だが四宿すべてに一人で伝えるのは時間がかかるので、岡っ引きたちがたむろしている居酒屋へ赴き、見知りの者たちに心付けを渡して頼んだ。岡っ引きたちは快く引き受け、それぞれ内藤新宿《ないとうしんじゅく》、品川、板橋《いたばし》へと飛び、勝之進は千住《せんじゅ》へと向かった。

網を張り巡らせ、江戸から出られぬよう封鎖したが、その夜は、優太は動きを見せず、行方が分からなかった。

優太には恋人がいることを知り得ていたので、もしや恋人のところへ逃げ込んだのではないかとも思われた。

恋人は齢十七で香奈《かな》という、髪結い床〈黄楊屋《つげや》〉の看板娘だ。黄楊屋がある長谷川町は、優太が住む新和泉町の隣である。

翌朝、勝之進は善五郎とともに黄楊屋に赴いた。腕の傷は決して浅くはなかったが、万能薬をたっぷり塗って晒《さら》しを巻いておけば、勝之進ならば気力で治せそうだ。怪我など二の次で、早速、探り始める。

朝早くから黄楊屋にはお客が訪れ、繁盛していた。髪を結うのは香奈の父親の奈之《なの》助《すけ》で、香奈は手伝いをしているようだ。お客の髪を弄《いじ》ることはないが、お客を笑顔で迎えて中に通し、白湯を出したり、勘定をしたりしている。

看板娘と言われるだけあり、香奈は清らかな愛らしさに満ちている。華奢《きゃしゃ》で可憐《かれん》で色白で、小さな百合《ゆり》の花のような佇《たたず》まいだ。

勝之進は少し離れたところで様子を窺いながら、善五郎と声を潜めて話した。

「あんな娘が恋人とは、優太の奴、やるじゃないか」

「優太には、もったいないですぜ」

　頷き合った後で、勝之進は首を捻った。

「だが、奴を匿《かくま》っているような気配はないな」

「確かに。長閑《のどか》というか爽やかというか。殺気立った様子はありやせん。あの娘は、優太のことをまだ知らねえんでしょうか」

「いや、隣町だから知らされているとは思うが、なにぶん昨夜のことだからな。耳に届いていないこともあり得る。直接話を聞いてみてもいいが……やめておこう。もし優太がどこに隠れているかを知っていて、努めて明るく振る舞っているのならば、俺たちが訪ねていったりしたら、どうにかして必ず優太に報せるだろう。すると、さらに見つけにくくなるかもしれない」

「ああ、確かに」

「もしくは優太が実はあの髪結い床の二階に匿われているとして、俺たちが下手に訪ねていくと、気配を感じて飛び降りるか、あるいは屋根伝いにでも逃げちまうだろう。いずれにせよ、下手に乗り込むのは危ない」

「ならば暫く見張りやすか」

「そうしよう。何か必ず動きがあるだろう」

「合点です。あっしが引き受けやすぜ」

「頼んだぞ。俺は、あたりを聞き込んでくる」

勝之進は善五郎の肩を叩き、黒羽織を翻して、通りを歩いていった。

勝之進は長谷川町の者たちに訊いてみたが、昨夜逃げてから今まで、優太らしき男の姿を見た者はいなかった。

夕方、暗くなってきた頃に、長谷川町の小さな神社で落ち合い、勝之進と善五郎は報せ合った。善五郎は声を低めて、目撃したことを語った。

「香奈って娘は、優太の一件を本当に知らねえみてえです。昼の休みの刻に、なにやら笑みを浮かべていそいそと店を出てきたんで、跡を尾《つ》けてみやした。そしたら、この神社に来て、きょろきょろしてるんです。誰かと待ち合わせをしていたんじゃねえかと」

「相手は優太だったというんだな」

「はい。間違いありやせん、あれは優太を待っていたんでしょう。ところがいくら待っても来ないので、香奈の顔色は次第に変わっていきやした。不安そうに、木の枝も確かめ始めやしてね。優太からの言伝が括りつけられているかどうか、見ていたんでしょう」

「括りつけられているはずないよな」

「はい。香奈は不安げな面持ちで過ごして、四半刻（およそ三十分）ほど経って、店に戻りやした」

勝之進は顎を撫でつつ、目を泳がせた。

「ならば店を仕舞ってから、優太の長屋を訪ねるってこともあるかもしれないな。気になるだろうから」

「仰るとおりで」

「夜も見張っていてくれるか」

「合点です。下っ引きにも頼みやす」

善五郎が笑みを浮かべると、勝之進は彼の背に手を当てた。

「今度、蕎麦でも饂飩《うどん》でも馳走する。酒つきでな」

「はい。楽しみにしておりやす」

善五郎は、何か摑んだら勝之進の家まで伝えにいくと約束し、甘い香りのする包みを差し出した。きょとんとする勝之進に、善五郎は一礼した。

「旦那がお好きな、今川焼です。昨夜のお詫《わ》びと言っては……申し訳ねえですが」

勝之進は笑みを浮かべて受け取った。

「嬉しいじゃないか。ありがたくもらっとく。善五郎、これで、もう気にするな」

包みを開いて、早速、今川焼を頰張る。たっぷりの餡《あん》が、口の中に広がり、勝之進は目を細めた。美味しそうに食べる姿を見て、善五郎は少し洟《はな》を啜った。

「旦那は優しい狼ですぜ」

勝之進は何も答えず、笑顔で二つ目を頬張る。

星が見え始めた頃、善五郎は再び黄楊屋へと向かい、勝之進はいったん奉行所へと戻った。

その途中、背後から射るような眼差しを感じ、勝之進は振り返った。

三

優太が逃げたということは、花蝶屋にも伝わり、お蘭たちも知っていた。勝之進の同僚の同心がこのあたりを回り、優太の似面絵を見せて、町の者たちに伝えたのだ。

――下手人の疑いがある男なので、用心してくれ、もし見かけたら番所へ届けてくれ――と。

優太を捕り逃がした翌々日の夜、勝之進は険しい面持ちで、花蝶屋を訪れた。目が合い、お蘭が微笑むと、勝之進の頬は微かに緩んだ。座敷に上がった彼に、お蘭はお茶を注いで出した。一口飲んで、勝之進は言った。

「酒と、何か料理を持ってきてくれ。できればお蘭が作ったものがよいな」

「大したものは作れませんが」

勝之進はお蘭を見つめた。

「謙遜することはない。お蘭は料理も上手じゃないか」

「お酒は、お燗にしましょうか」

「いや。冷やでよい」

お蘭は淑やかに一礼し、台所へと向かう。手際よく肴を作り、酒を持って戻った。

お蘭に出された皿を眺め、勝之進は唇を舐めた。烏賊《いか》と小松菜を炒め合わせたものだ。湯気とともに、烏賊の芳《こう》ばしい匂いが広がる。

勝之進は箸を手に取って早速頬張り、破顔した。

「こういうのが、いいんだよなあ!」

狼と呼ばれる男が、子供のように無邪気に喜ぶ姿は、なんとも可愛い。お蘭も顔をほころばせ、酒を注いだ。

「柚子を搾ってもよろしいでしょうか」

「頼む」

お蘭は頷き、半分に切った柚子を手に持つ。

烏賊と小松菜の炒めものも、醬油と味醂《みりん》で味付けして、柚子を搾ってあった。

勝之進は柚子酒を啜り、満足げに息をついた。

「やはり花蝶屋はよい。落ち込んでいたが、どうにか気を取り直せそうだ」

お蘭は勝之進を真っすぐに見た。

「何かあったのですか」

「うむ。……優太を取り逃がしちまった」

勝之進の顔に翳りが差す。お蘭は首を少し傾げた。勝之進は酒を干し、顔を顰《しか》めた。

「骸になって隅田川に浮かんでいたんだ。両国橋のあたりで見つかった。逃げ果《おお》せぬと諦め、身を投げたんだろう」

お蘭は息を呑み、ゆっくりと口を開く。

「自害、ということですか」

「誰かに突き落とされたということもなかろう。下手人の自害ってことで、赤麻呂の一件は方がついた。上役たちもそう見ているからな。……だが、下手人に自害されると、やはりもやもやしたものは残る。赤麻呂を殺したのは、本当のところはいったいどんな理由だったのか。本人の口から、もう聞けないからな」

「やはり、博打のいざこざだったのでしょうか」

「奉行所の者たちはそう見ている。まあ、それぐらいしか考えられないのでな」

お蘭は勝之進の盃に再び柚子を搾り、溜息をついた。

「優太さん、まだお若かったのに……。ご両親はいらっしゃるのでしょうか」

「相模《さがみ》は小田原《おだわら》のほうにいるようだ。報せに、善五郎が向かった。両親も、やりきれんだろうな。自分たちより先に死なれて。……俺たちも、やりきれんが」

勝之進の顔が曇る。皆から怖がられているが、意外に繊細な面もあることに、お蘭は気づいていた。

子供に先立たれる親の気持ちを思うと、お蘭の胸も痛む。勝之進はゆっくりと酒を呑んだ。

「善五郎も、落ち込んじまってな。暗い顔して小田原へ向かった。俺たちが押し込んだ時に、どうにかして話を聞ければよかったんだが。同心が突然現れたんで、怖くなって、逆上しちまったんだろうか」

お蘭は言葉を失う。

勝之進はお蘭に盃をもう一つ持ってくるように言い、二人で酒を酌み交わした。お蘭も酒に柚子を搾り、口をつける。柚子酒を呑むと、躰が温まるのだ。勝之進は盃を揺らしながら、ぽつりと言った。

「優太の両親も気になるが、恋人だった娘のことも気懸かりだ」

「恋人がいらっしゃったんですか」

「うむ。香奈という、十七の、髪結い床の看板娘だ」

「お辛いでしょうね……」

お蘭は目を伏せる。香奈の気持ちが慮《おもんぱか》れた。

「もしや香奈が優太を匿っているんじゃないか、あるいは居場所を知っているんじゃないかと思って、善五郎が見張っていたんだ。……まあ、どちらでもなかった訳だが、よい娘みたいだ。お父つぁんを手伝って、髪結い床を繁盛させてる。優太から急に音沙汰がなくなってしまって、不安だったんだろう。あるいは、逃げたという噂が耳に入ったのかもしれない。店を仕舞った後で、奴の長屋を見にいったようだ。どこにもいなくて、泣きながら帰っていったと、善五郎が言っていた」

「まあ」

香奈の寂しさと不安が伝わってくるようで、お蘭は柳眉を寄せる。

香奈は小さい頃に母親を亡くし、父親に男手一つで育てられたようだ。美しく成長した香奈は、十五の時から髪結い床を手伝い始めたという。香奈が店を手伝うとお客が吸い寄せられるように入ってくるらしく、まさに看板娘と名高いそうだ。

勝之進から香奈の話を聞きながら、お蘭は気に懸かった。

「香奈さん、大丈夫かしら。優太さんがお亡くなりになったこと、ご存じなのですよね」

勝之進は顔を顰めた。

「うむ。……店を仕舞った後で、俺が伝えたんだが、頽《くずお》れて泣き伏してしまった。香奈の号泣が、まだ耳に残っている。香奈のお父つぁんも、信じられないといった面持ちで、微かに震えていた。どうして自害を止められなかったんですかと、お父つぁんに食ってかかられた」

香奈と父親の悲しみも、勝之進の辛い気持ちも分かり、お蘭の胸が痛む。香奈の父親にしてみれば、息子を喪ったような思いであろう。

お蘭は不意に両親を喪ったことを思い出し、いっそう鬱々とした。大切な者の死は、残された者を深く傷つけることもあると、お蘭は知っている。

沈んでしまったお蘭に、勝之進は酒を注ぐ。お蘭は小声で礼を言い、そっと口をつけた。喉が潤うと、言葉が出るようになった。

「香奈さん、立ち直っていただきたいです」

「うむ。俺もそう願っているが、相当な悲しみだったようで、床に臥《ふ》せっちまっているみたいだ」

お蘭は目を見開いた。

「……お辛いのですね」

「今日の昼にも様子を見にいったが、話すこともできないようだった。お父つぁんとは少し話したが、酷く憔悴《しょうすい》していたな。一日で、躰が一回りほど細ってしまったように見えた」

お蘭はまた口を噤《つぐ》んでしまう。勝之進は柚子酒を啜り、続けて言った。

「お父つぁんは奈之助っていうんだが、奈之助によると、優太が髪結い床に通っていて、香奈と親しくなったらしい。香奈が目当てで行っていたのかもしれないが。奈之助は、優太のことをえらく褒めていたな。腕が真によい職人で、香奈にはもったいないような男だった、と。自分の息子になる日を楽しみにしていたらしいから、悲しみもひとしおだろう」

お蘭の目が不意に潤む。香奈だけでなく、奈之助の気持ちもよく分かった。血が繋がっていなくても、家族が増えることは嬉しいし、心強い。お蘭だって両親を喪ってからずっと孤独を抱えていたが、お稲をはじめお藤やお桃、辰雄たちと出会い、親しくなるうちに、今や家族のようなものになってしまった。

赤の他人同士が集まった家族が、闇椿なのだ。血の繋がりはなくても家族のように寄り添ってくれる仲間の大切さを、お蘭は知っていた。

勝之進は烏賊と小松菜の炒めものを頬張り、口にした。

「奈之助と話して知ったのだが、香奈も赤麻呂に描いてもらったことがあるようだ。錦絵も見せてくれた」

お蘭は目元を指で拭い、勝之進を見た。

「そうだったのですか」

「うむ。花蝶屋の三姉妹と同様、話題になったそうだ。髪結い床もいっそう繁盛するようになったらしい」

お蘭は顎に指を当て、考えを巡らせる。思いつき、ゆっくりと口を開いた。

「もしや……それが何か関わっていたのでは」

勝之進は食べ終えて箸を置き、お蘭を見る。お蘭は察したことを話した。

「その後も、赤麻呂さんは香奈さんにしつこく言い寄ったのではないかと思ったのです。香奈さんは困ってしまって、優太さんに相談したのでは。優太さんが赤麻呂さんに話をつけにいったところ言い合いになり、優太さんはかっとなって、つい。……というようなことは、ありませんでしょうか」

赤麻呂はお蘭たちには色気を見せることはなかったが、三人一緒だったからであろう。香奈のように一人で描かれた場合には、態度を変えたかもしれなかった。

勝之進は頷いた。

「俺も、同じようなことを考えてはみた。だが、優太も赤麻呂も逝ってしまった今、確かめる術《すべ》はない。博打が発端か、香奈を巡っての諍《いさか》いが発端か、いずれにせよ、何かによる揉め事の結末ってことだろう」

「さようですね」

「気懸かりなことは残るが、まあ、赤麻呂と優太の一件は、これでお終いってことだ。

探索は打ち切られる。力添えしてもらい、ありがたかった」

「そんな。さほどお役にも立てず、失礼いたしました」

肩を竦めるお蘭を眺め、勝之進は面持ちを緩めた。

「お蘭は相変わらず礼儀正しいな。まあ、そこがいいのだが。なんだか、武家の娘と話しているように思えてくる」

お蘭は目を伏せ、衿元を直す。もともとは藩士の娘であることを、勝之進には秘している。お蘭が武家の出であることを知っているのは、両親の死後に長屋を離れてからは、闇椿の者たちのみであった。親の仇を討つまでは、お蘭は勝之進にさえ、身の上を隠し続けるつもりだ。

「私などが武家の娘だなんて。ご冗談がきついですわ」

「いやいや、充分、そう見える。清楚で品があって、汚れを知らぬ美しさだ」

お蘭は失笑した。

「勝之進様は、真の私をご存じないから、仰るのです」

勝之進はお蘭の手に、そっと手を伸ばし、触れるように指でなぞった。

「真のお蘭を知ってみたい」

「勝之進様、呑み過ぎでいらっしゃいます」

勝之進はお蘭の手を握った。お蘭の頰がほんのり色づく。

「恥じらい方が、堪《たま》らないのだ。……なあ、お蘭。人生とは儚《はかな》いものだ。こんな仕事をしていると、真にそう思えてくる。人の死に絶えず直面しているからな。己にだって、いつ災いが降りかかってくるか分からない。だからせめて、生きている時に、本当に愛しい女と、愛を育みたいではないか。その相手に相応《ふさわ》しいのは、俺にとってはお蘭なのだよ」

勝之進の息が、お蘭の顔に吹きかかる。お蘭がうつむき、返答に迷っていると、突然大きな声が響いた。

「あら、旦那、仲がよろしいことで！　でも、ちょっと人目を憚《はばか》らな過ぎではありませんか」

驚いて目を上げると、お稲がにたりと笑いながら立っていた。勝之進は思わず手を離し、姿勢を正す。

お稲は徳利《とっくり》を摑んで、振ってみせた。

「そろそろなくなる頃と思って、追加の酒を持ってきたんですよ。でも、お邪魔でしたかしら」

悪びれもしないお稲を眺め、お蘭は思わず笑みを浮かべる。勝之進は咳払いをした。

「いや、ちょうど酒がほしかったところだ。女将、相変わらず気が利くな」

お稲は、口元に手を当てて笑った。

「そりゃ、亀の甲より年の劫《こう》と申しますからね。私も長年女将をしてますんで、お客様が希んでいらっしゃるものが、だいたい分かるんですよ」

勝之進は肩を竦める。

「察しが早いというのか。薄ら寒いな」

お稲は品《しな》を作り、勝之進に流し目を送った。

「旦那が欲していらっしゃるものなんて、もう、何でもお見通しですの！　ですが旦那、お蘭は初心《うぶ》なところがありますからね、面白みには欠けますすよ。南町奉行所の狼などという異名を取る、経験豊富な旦那には、もっと手練れた女が相応しいとは思いますが」

「ふむ。手練れた女とは、たとえば？」

お稲は目配せして、声を響かせた。

「旦那の目の前にいるではありませんか。たとえば、このお稲でございますよ」

「……ふふ、女将じゃ手練れ過ぎて、俺では歯が立たん。ほどほどでよい」

勝之進は、苦い笑みを浮かべて、顎を撫でる。お稲は鼻を鳴らした。

「今はそんなことを仰ってますけどね、あと数年もしたら、手練れた女のよさがお分かりになりますよ。旦那、その時にはどうぞ、お稲をご贔屓に」

お稲は色気たっぷりに勝之進に微笑むと、腰をくねらせて下がっていった。

呆気《あっけ》に取られる勝之進を眺め、お蘭は笑いを嚙み殺す。酒に柚子を搾って差し出すと、勝之進は首を傾げつつ一気に干した。

お蘭は、勝之進が上腕に晒しを巻いていることに気づき、怪我をしたのかと訊ねた。

勝之進は、優太との乱闘について話し、溜息をついた。

「どうして、もっと巧みに優太と話すことができなかったんだろう。おとなしく捕まってくれればなあ。死なせることはなかっただろうに」

勝之進の顔に再び翳りが差す。お蘭は目を伏せた。若い命があっけなく散ってしまったことが、不憫《ふびん》でならない。また、勝之進も心配だった。

「ご無理なさらず、お気をつけくださいね」

勝之進はお蘭を見つめ、微笑んだ。

「ありがとよ」

行灯の明かりの中、勝之進は静かに酒を吞む。思い出したように、ふと口にした。

「そういや、お桃を贔屓にしている若旦那風の男がいるだろう？　この前、夜道で声をかけられたんだ。旦那、花蝶屋でよくお見かけしますね、って。尾けてくる者がいると、殺気を感じて振り返ったら、奴だった」

「ああ、京也さんですね」

「京也というのか。まあ、尾けてきたというより、単に道が同じだっただけのようだが」

　お蘭は、笑みを漏らした。

「京也さんは、訳もなく人を尾けたりする方ではございません。あ、でも板元の若旦那様なので、興味本位でお近づきになることはあるかもしれませんね」

「板元の若旦那か。どうりで賢そうだが、優男風だ」

「あら、お桃に言わせると、結構喧嘩がお強いらしいですよ。剣の達人でもあるとか」

　勝之進は目を見開いた。

「ほう。人は見かけによらぬな。どうせ口先だけだろうが」

お蘭はまた笑みを漏らす。勝之進の、子供のような勝気さが愛おしい。勝之進はお蘭を見つめた。

「まあ、仲よきことは、いいことだ」

大きな手が、再びお蘭に忍び寄る。どこからか、お稲の咳払いが響いた。

四

睦月も末になると、日中は暖かさを感じることもある。梅が見頃になってきて、彩りと甘やかな芳香が、人々を沸き立たせるのだ。

一月《ひとつき》ほどは咲き続けるので、花蝶屋の傍の梅の木も、まだお客たちを惹きつけている。三人娘も黒髪に簪や櫛のほかにも梅の花を飾り、笑顔でお客たちに給仕した。

ある日、店を仕舞った後で、お稲が三人娘を呼んだ。座敷の奥に集まり、お稲を囲む。お稲は声を低め、凛《りん》と響かせた。

「元締めから話がきた。仇討ちの依頼があったそうだ」

お蘭たちは顔を見合わせ、背筋を正す。お稲は三人を眺め回し、面持ちをさらに引き締めた。お藤が訊ねる。

「依頼したのは、どのような人かしら」

「若い女だと言っていたね」

お桃が口を出した。

「自分を裏切った男に仇討ちしてやりたいのかしら。前にも失恋による依頼があったわよね」

お稲は首を傾げる。

「さて、どうだろう。私も詳しいことは、元締めからまだ聞いていないんだ。まあ、若い女が考えることだ、そんなとこかもしれない」

お蘭は皆にお茶を注ぎつつ、訊ねた。

「元締めはまだ引き受けた訳ではないのでしょう?」

「うん。いつものように、まずは頼み人と面談をして、人となりをよく見てからだろうね。怪しい者からの依頼、明らかに逆恨みと思われる依頼は、闇椿は決して引き受けない」

「本当に。下手したら、こっちが犯罪の手伝いをすることになってしまうもの」

お藤が肩を竦める。お桃はお茶を啜って、身を乗り出した。

「で、面談には、私たちも立ち会えるのでしょう? 陰で頼み人を見て、話を聞いているだけだけれど」

お稲は頷いた。

「元締めが、お願いする、って言っていたよ。自分の判断だけでは勘が狂うこともあると、分かっているみたいだ。あんたたちにも頼み人を見て、確かめてほしいようだ」

「いつ、立ち会えばいいのかしら」

お蘭が問うと、お稲はお茶を一口飲んで、答えた。

「早速、明日お願いしたいってさ。店を仕舞ってから、池之端《いけのはた》の隠れ家に行ってくれるかい」

三人娘は目と目を見交わし、頷き合う。お藤が切れ長の目を光らせ、答えた。

「分かったわ。おかあさんも一緒に行くでしょう？」

お稲は溜息をついた。

「ここで留守番していたいところだけれど、頼み人のことを一度は見ておきたいからね。私も行くよ」

お桃は唇を尖らせた。

「若い女が、どんなことで苦しんでいるというのかしら！　仇討ち屋の仕事が舞い込む度に思うのよね。この世には悲しみや憎しみが、溢れているんだな、って。なんだか、やり切れなくなっちゃうわ」

お藤がお桃に微笑みかけた。

「だからこそ、私たちで恨みを晴らしてあげるんじゃない。頼み人の苦しみはそれでも残るかもしれないけれど、少しでも軽くしてあげることができれば、いいのではないかしら」

「まあ、そうだけれど」

まだ口を尖らせるお桃の肩に、お蘭が手を乗せた。

「とにかく明日、頼み人の話をよく聞いてみましょう。頼み人を見ればだいたい分かるわ。真に苦しんでいるようならば、心を救ってあげましょう」

「そうね。仇討ちしたい理由が詳しく分かって、元締めが引き受けたら、きちんと成敗してあげたいわ」

不貞腐れつつお桃が言うと、お稲が笑った。

「成敗する、だなんて。お桃、可愛い顔してなかなか勇ましいじゃないか」

お蘭とお藤も、顔を見合わせて笑う。お桃は足を崩し、肩を竦めてお茶を啜る。お藤が顔を強張らせ、急に悲鳴を上げた。

「い、痛いっ！」


次の日の夜、三人娘とお稲は、辰雄が所有する闇椿の隠れ家へと向かった。池之端仲町《なかちょう》の、不忍池《しのばずのいけ》に面している一軒家で、二階からは蓮《はす》の景色を楽しめる。花が咲く頃はいっそう壮観だ。また寛永寺《かんえいじ》を眺めることもできた。

もともとは蓮飯を出す料理屋だったところで、辰雄も同心時代に通っていたそうだ。だが、主人夫婦が病に罹《かか》って店を仕舞うことになり、安く譲り受けたという。十坪ほどの店を造り直して、闇椿の隠れ家と別宅を兼ねて使っていた。

暗闇の中、お稲は玄関の戸を、四回叩く。応えるかのように、内側から三回叩かれ、辰雄の低い声が響いた。

「枕を欹《そばだ》てて聴き」

お稲も声を潜め、答える。

「簾《すだれ》を撥《かか》げて看《み》る」

戸が開き、辰雄が顔を出した。

「さっさと入りな」

促され、女たちは家に上がった。今の辰雄とお稲の遣り取りは、白楽天《はくらくてん》の詩の一節、『遺愛寺《いあいじ》の鐘は枕を欹てて聴き、香炉峰《こうろほう》の雪は簾を撥げて看る』に因《ちな》んだ暗号である。

頼み人はまだ到着していなかったので、辰雄から先に話を聞いた。行灯が灯《とも》る八畳ほどの部屋で、辰雄を囲んで座る。

「頼み人は、十七の娘だ。絵師殺しの疑いをかけられて自害した恋人の無実の罪と、恨みを晴らしてほしいと言っている。真の下手人を捜し出して、仇討ちしてほしい、と。恋人と所帯を持つためにこつこつ貯《た》めていた六両で、是非とも引き受けてほしいとのことだ」

お蘭は目を見開き、声を上擦らせた。

「あの……娘さんは、もしや、香奈さんという人では」

お藤たちも顔を見合わせる。勝之進から聞いた赤麻呂殺しの顚末《てんまつ》は、お蘭が皆にも伝えている。だからお藤たちも香奈を知っていた。

辰雄は腕を組み、お蘭を見た。

「なんだ。頼み人を知っているのか」

お蘭が、勝之進から聞いたことを話すと、辰雄は目を擦った。

「なるほどな。奉行所は優太が赤麻呂を殺して自害したと決めつけ、探索を打ち切ってしまったというのか。……だが優太は、勝之進たちが踏み込んだ時に、包丁を振り翳して逃げたのがまずかったな。下手人と思われても仕方あるまい」

お稲が意見した。

「確かによくなかったとは思いますが、沢井の旦那みたいな強面の同心がいきなり乗り込んできたら、気が動転するってのも分かりますけどね。無実でも取っ捕まえて、拷問にかけて無理やり自白させる同心だっているのですから」

お藤が肩を竦めた。

「ならば怖くて逃げちゃうかもしれないわね。赤麻呂の長屋から逃げ出したところを誰かに見られて、同心が訪ねてきたのだと察したでしょうし。絶対に捕まえられると思ったのよ」

お蘭は居心地が悪くなり、言い返した。

「勝之進様は手荒なことをする方ではないわ。酷く落ち込んでいらっしゃったもの。優太さんともっと落ち着いて話し合いたかったのに、と」

お蘭の真摯な面持ちを見て、お藤は息をついた。

「まあ、ちょっと言い過ぎたわね。別に沢井の旦那を責めている訳ではないわ」

お桃も生意気に腕を組んだ。

「優太さんが、それほど気が動転したってことは、赤麻呂さんの件だけではなくて、ほかにも何か後ろめたいことがあったのかしら？　博打に関することなどで」

「ご法度の賭場によく出入りしていたのかもしれんな」

顎をさする辰雄に、お藤が訊ねた。

「香奈さんは、赤麻呂殺しには真の下手人がいると言っているのですよね」

「そうだ。依頼の文を読んだ時、初めは、本当なのだろうかと疑問を抱いた。だが、恋人を喪った娘の必死の思いが伝わってきて、もしや優太は無実だったのではないかと疑い始めた。娘には、下手人がほかにいると思う訳などを、詳しく訊いてみる」

「お願いします。……優太さんが本当に無実の罪を着せられたのだとしたら、香奈さんはきっと、辛くて堪らないでしょうから」

両親の死を思い出し、お蘭は面持ちを暗くする。お藤とお桃も同じであった。それぞれ理不尽な思いをした身なので、香奈の悲しみと憤りがよく分かるのだ。

三人とも沈んだ気分になり、話が途切れる。そこへ、不意に戸が叩かれる音が聞こえた。

辰雄は速やかに、横に置いていた能面を被った。闇椿の者たちは、頼み人にもなるべく顔を知られてはならないからだ。

辰雄もいくつか能面を用意しており、今日は〈翁《おきな》〉と呼ばれる面を被った。名のとおり、白い髭《ひげ》を生やして笑みを浮かべた老人の面である。仕置きの時などは怖い面を被ることもあるが、頼み人との面談の時は、なるべく優しい面持ちの面を被っていた。

お稲が蠟燭《ろうそく》を灯してがんどうに置くと、お蘭は行灯の明かりを消した。辰雄が頼み人と会う部屋は、真っ暗で蠟燭一本しか灯っていない。がんどうは、持ち手の顔を見せずに相手を照らすことができ、強盗《がんどう》が使うのに便利なので、強盗提灯《ちょうちん》とも呼ばれる。がんどうを用いて、辰雄の姿はなるべく見せずに、頼み人に光を当てるのだ。

辰雄は能面をつけて、頼み人を待つ。お蘭たちは目配せし合い、隣の部屋へと移った。辰雄と頼み人が面談する部屋とは襖で仕切られているが、襖に細工がしてある。微妙な寸法で作られていて、隙間ができるようになっている。そこからこっそり、覗《のぞ》き込むのだ。

お稲に鍛えられ、三人とも、決して音を立てずに盗み見、盗み聞きすることができるようになっていた。

真っ暗な部屋の中で息を潜めて待っていると、足音が聞こえた。香奈が目隠しされたまま、六助と七弥に連れられてきたのだ。

辰雄が待っている部屋に、香奈が通される。六助が香奈を座らせ、七弥が目隠しを外した。がんどうの明かりが、香奈を照らし出す。

眩しそうにうつむくも、目が慣れてくると、香奈はゆっくりと顔を上げた。お蘭たちは目を瞠《みは》った。悲痛な面持ちではあるが、香奈は楚々《そそ》とした美しさに溢れていたからだ。恋人の死の衝撃で窶《やつ》れているように見えるが、白い肌はみずみずしく、愁いを帯びた顔立ちは整っていて、頭から爪先まで清らかさに満ちている。看板娘という名に相応しい可憐さだ。

香奈は、辰雄と向かい合い、頭を深く下げた。

「私の話を聞いてくださるとのこと、お礼申し上げます。よろしくお願いいたします」

香奈の声は少し震えている。

能面がいくら優しげな面持ちであっても、被った男を前にすると、やはり怖いのかもしれない。暗くて辰雄の姿がよく見えないのは、救いであろうか、それとも恐怖をさらに搔き立てるのだろうか。

香奈の気持ちを慮《おもんぱか》ってか、辰雄は努めて穏やかな声を出した。

「こちらこそよろしく。ところでお前さんは、赤麻呂を殺したのは優太ではないと言うのだな」

香奈は伏せていた目をそっと上げる。長い睫毛を揺らし、目を潤ませた。

「……はい。さようでございます」

気持ちが昂《たかぶ》っていたのだろう、香奈は堰《せき》を切ったように、優太との出会いや、彼への思いを語った。香奈の声は、鈴を転がすような美しさに満ちていた。

「優太さんは本当に真面目で、仕事熱心な人でした。優太さんを、私は敬っておりました。私にも、とても誠実に向き合って、大切にしてくれたのです。私にとって優太さんは……初めて好いた男の人でした」

香奈の素直な言葉が、陰で耳を欹てているお蘭たちの胸を打つ。恋人を喪った悲しみで声を震わせ、泣き出してしまうこともあったが、香奈は優太の真の姿を辰雄に知ってほしいようで、懸命に語った。

辰雄は黙って話を聞く。香奈は涙に濡れる目で、辰雄を見つめた。

「優太さんが人を殺めるなんてこと、できる訳がないのです。とても優しい人でしたから。……ですが、絵師の赤麻呂を憎んでいたのは確かでしょう」

香奈が不意に言葉を切る。辰雄が訊ねた。

「どうしてだ」

香奈は目を伏せ、言いにくそうに答えた。

「……私が赤麻呂に襲われそうになったからです」

辰雄が背筋を伸ばす。お蘭たちも面持ちを引き締めた。辰雄は声を低めた。

「いつのことだ」

「つい、最近のことです。赤麻呂には以前、絵に描いてもらったことがありました。先頃、また描かせてほしいと頼まれたんです。それで再び描いてもらったのですが、その時、一瞬の隙に襲いかかってきたのです」

「場所はどこだったんだ。赤麻呂の家か」

「さようです。私は必死に逃げましたので、無事でしたが、どうしても黙っていられず、優太さんに話したのです。そうしましたら、優太さんは、私以上に怒ってしまって。赤麻呂を許さないと言っておりました。でも……殺めたのは、絶対に優太さんではありません！　私の言うことを信じてください」

香奈は大きな瞳で辰雄を見つめ、再び頭を深々と下げた。香奈の話を、お蘭たちも固唾《かたず》を呑んで聞いている。辰雄はまた訊ねた。

「どうして殺ったのは優太ではないと、言い切れるんだ」

香奈は答えた。

「優太さんは、一月前頃から言っていたのです。武士に追われているようだ、と。神《かん》田明神《だみょうじん》の近くに仕事で行った時、帰りに尾けられている気配を感じて、振り向いたら武家の家臣のような侍が三人ほどいた。目が合ったら追いかけてきて怖かった、と。その時は、振り切って逃げたそうです」

神田明神の周辺には、確かに武家屋敷が多い。辰雄は能面の白い髭を撫でた。

「武士に追われたとは、どういうことだろう」

香奈は、長い睫毛を瞬かせた。

「優太さんは本当に申し分のない人だったのですが、唯一つ、博打を好きなことが残念でした。でも、私と夫婦になれば、博打癖も治ると思っていました。治してあげたかったのです」

香奈は言葉を切り、また目を潤ませる。女心を切々と語る香奈は、痛々しくも楚々とした色香が匂い立っている。

白く細い指で目元を拭い、香奈は続けた。

「優太さんは、もしや、武家屋敷で開かれる賭場にも、こっそり行っていたのかもしれません。それで何か揉めてしまって……追いかけてきたのは、賭場を開いている武家のお侍たちだったのではないでしょうか。私には寺社で開かれる賭場に行っているとしか言ってませんでしたから、詳しくは話せなかったのだと思います」

隣の部屋で、お蘭たちは目と目を見交わした。香奈は美しいだけでなく、なかなか勘も働くようだ。

辰雄が言った。

「その侍たちが、赤麻呂殺しの罪を着せて、優太を消したというのか。では赤麻呂は、どう関わっていたのだろう。赤麻呂も、その賭場に行っていたのだろうか」

「あり得ると思います。博打が好きだということは、赤麻呂本人から聞いたことがあります」

辰雄は腕を組んだ。

「優太も赤麻呂も博打絡みで武家屋敷の者たちから何かの恨みを買い、赤麻呂は消され、優太は下手人に仕立て上げられ、自害に追い込まれたという訳か。あるいは、優太もそいつらに消されたのかもしれないな。自害に見せかけて」

香奈の顔色が蒼白《そうはく》になった。眩暈を起こしたのだろうか、手でそっとこめかみを押さえる。お蘭たちは香奈がいっそう心配になった。

香奈は弱々しい声で答えた。

「仰るようなことだろうと思います。……元締め様、お願いです。どうか、侍たちを捜して、仇を討ってくださいませ。このままでは、優太さんは浮かばれません」

香奈は美しい目から、大粒の涙をぽろぽろとこぼす。辰雄は腕を組んだまま、香奈を暫し見つめた。

「お前さんみたいな真面目で一途な娘が惚れたのだから、優太は悪い男ではなかったのかもしれないな。殺しができたとも思われない。……よし、お前さんの依頼、引き受けよう」

「ありがとうございます」

香奈は涙を溢れさせ、繰り返し礼を述べながら、何度も頭を下げた。

そして、少なくて申し訳ございませんと詫びつつ、六両を置いた。六助と七弥が部屋に入ってきて、六助が香奈に目隠しをし、七弥が立ち上がらせた。二人に手引きされ、香奈は部屋を出ていった。

香奈が駕籠《かご》に乗って帰った後で、また皆で話し合った。辰雄が溜息をつく。

「律儀に頼み金を置いていったが、あんなに思い詰めている娘からもらうのは、なんだか悪いような気がしたぜ」

お稲が頷く。

「そうですね。しかしあの歳で六両を払えるとは、しっかり節約していたのでしょう。よい女房になれたでしょうにね」

失われてしまった香奈の行く末を憂い、皆、しょんぼりしてしまう。

沈んだ空気を打ち消すかのように、辰雄が声を響かせた。

「せっかくだから、腹いっぱい食って帰ってくれ。これからお前さんたちには働いてもらうからな。俺が腕を振るおう」

お蘭たちは頬を少し緩めた。辰雄は意外にも料理が上手いのだ。

「元締め、私も手伝います」

お藤が腰を上げようとすると、辰雄は肩に手を置いた。

「俺がやるから、寛いでいてくれ。皆、ちょっと待っていろよ」

辰雄は目配せして、廊下に出ていく。大きな背中に、お桃が声をかけた。

「お鍋がいいな！　温かいのを、皆で突きたいです」

辰雄は振り向き、お桃に微笑んだ。

「お前、分かってるな。俺も鍋がいいと思ってたんだ」

ようやく笑いが起きるも、お藤は足を押さえて今宵《こよい》もまた悲鳴を上げた。

「痛いっ」

五

三人娘たちは香奈に同情し、必ず真の下手人を突き止めて仇を討とうと、やる気を燃え立たせ始めた。

勝之進たち同心はすっかり手を引いているようなので、却《かえ》って探りやすくはあった。

赤麻呂について何でもいいから探り出し、そこから怪しい者たちを割り出していくべく、まずはお蘭とお桃が、赤麻呂が住んでいた家に忍び込んだ。

お藤は冷え性のせいか近頃足がよく攣《つ》るようなので、桂雲に鍼を打ってもらって、今日は少し休んでいる。

暗くなった五つ（午後八時）頃、お蘭とお桃は忍びの装束で、手に提灯を提げ、猫のように足音を立てずに探し回った。お稲から教えてもらった、盗賊の術である。

忍びの装束とは、頭巾、上衣、ほっそりとした袴《はかま》、手甲、脚絆《きゃはん》、足袋、草鞋《わらじ》、だ。黒だと実際は夜目に浮くので、二人とも紺色で統一していた。

新しい借り手がまだ見つからず、空き家のままなのでありがたかったが、勝之進たちに目ぼしいものは既に没収されてしまっていて、まさに空っぽの状態だった。

いきなりガタガタと物音がして、お蘭とお桃は目と目を見交わした。二人とも、軽やかに飛び退《の》き、お蘭は懐から小太刀を、お桃は手裏剣を取り出し、構える。

物音がしたほうを提灯で照らすと、鼠《ねずみ》だったので、二人は息をついて武器を仕舞った。

鼠はすぐに姿を隠し、お蘭とお桃は再び熱心に探ったが、手懸かりになるようなものは何も見つからない。畳を上げても何もなく、床下も一応見てみたが、埋めてあった小判などは勝之進たちがすべて持っていってしまったようだった。お桃が声を低めて言った。

「おねえさん、ここにはもう手懸かりはなさそうね」

「そのようね。やはり周りの者たちに訊いていくしかないかもしれないわ。でも……

今日はやめておきましょう。この姿だと、不審に思われるでしょう」

「そうね。帰る時も気をつけなくちゃ」

二人は頷き合う。

提灯の火を消して、忍び足で空き家を出ると、二人は急いで長屋を離れた。少し行ったところで忍びの装束の上に、羽織を羽織る。二手に別れ、別の道を通って帰った。もし知っている者に見られても、花蝶屋の姉妹たちだと気づかれにくくするためだ。

お桃は近道を、お蘭は遠回りの道を、月明かりと星明かりを頼りに、足早に歩いた。

前から、提灯を提げた男二人がやってきて、お蘭は身を竦めた。ちらと見ただけで、同心と岡っ引きだと分かった。


無事に帰ってきた二人に、お稲は熱い柚子茶を出して労《ねぎら》った。二階の部屋で炬燵《こたつ》にあたりながら、四人は話した。

「ごめんなさい。成果はなかったわ」

お蘭が頭を下げると、お藤は彼女の肩に手を置いた。

「仕方ないわよ。同心たちが調べ上げた後だったのですもの」

「沢井の旦那って、狼と異名を取るだけあるわね。食い散らかされて何も残っていなかったわ」

お桃は頬を膨らませながら、笊《ざる》に入れた煎餅に手を伸ばす。お稲も三枚摑み、お藤とお蘭に一枚ずつ渡して、残りは自分で味わった。

お蘭は溜息をついた。

「帰り道で、同心と岡っ引きと鉢合わせしそうになって、走って逃げたわ。幸い相手は、私が曲者だとはっきり分からなかったようで、追いかけてこなかったけれど」

「沢井の旦那じゃなかったんだろう」

お稲の問いに、お蘭は頷いた。

「勝之進様なら、私、すぐに気づくわよ」

お藤がにやりと笑った。

「きっとお互い、気づくわよね」

「実際に鉢合わせしたら、どうなるのかしら。切羽詰まった二人の姿も見てみたいけれど……お蘭ねえさん、くれぐれも気をつけてね」

茶目っ気たっぷりに言うお桃を、お蘭は優しく睨んだ。

「もう、お桃ったら。他人事《ひとごと》だと思って」

お稲が手を打った。

「気をつけなきゃいけないのは、皆、同じだ。お桃、あんただって、いつどこで若旦那と鉢合わせすることになるかもしれないんだから、用心しな」

お桃は急に姿勢を正した。

「はい。絶対に正体がばれないようにするわ。京也さんに、おっかない女って思われるのは、嫌だもん」

お藤が肩を竦めた。

「確かに仇討ち屋って響きは、多少おっかないかもしれないわね」

「私たちが怖い女かどうかは置いておいて、とにかく真相を突き止めていきましょう」

お蘭の言葉に、皆、頷いた。

行灯の明かりの中、音を立てて煎餅を齧《かじ》りながら、策を練る。香奈が面談の時に話した、優太が追いかけられたという神田明神のあたりの武家については、辰雄が探り始めていた。

話を進めながら、お藤が膝を叩いた。

「そうだ。ほら、優太さんに似ていたという役者の雪之介も、赤麻呂に描いてもらったことがあったというじゃない。ならば、雪之介に話を聞いてみるというのはどうかしら。赤麻呂について、きっと何か分かるわよ」

お蘭とお桃、お稲は顔を見合わせる。お稲は首を傾げた。

「雪之介ってのは人気役者だろう？　そんなに容易《たやす》く話を聞けるものかね」

お藤は妖しい笑みを浮かべた。

「ちょっと考えがあるの。私の腕を見せて差し上げるわ」

やけに自信のある物言いに、三人は目を瞬かせた。


三日後の早朝、お藤は歌舞伎を観るために、かつ瀬谷雪之介に会うべく、中村座へと赴こうとしていた。悠右衛門の伝手《つて》で、雪之介と面会できる機会を得たのだ。

迎えにきた悠右衛門は、めかしこんだお藤を眺め、目を細めた。お藤は、金の刺《し》繍《しゅう》が施された黒い着物に、紅色の帯を結び、薄紫色の羽織を羽織っている。なんと、すべて、悠右衛門が贈ったものだ。

「よく似合うじゃないか」

「大旦那様のお見立てがよろしいからですわ」

見惚れる悠右衛門に、お藤は袂を広げ、躰をくねらせて、悩ましく見せつける。悠右衛門は頬を微かに赤らめながら、お稲に一礼した。

「お藤をお借りします。今日中に必ず送り届けますので」

歌舞伎見物は、一日がかりである。お稲は微笑んだ。

「ごゆっくり楽しんでいらしてください。大旦那様ならば、私も安心です」

「無事にお返しいたしますよ。……では、お藤、行こうか」

悠右衛門に優しく言われ、お藤は甘い声を響かせた。

「大旦那様、連れていってくださいませ」

悠右衛門はお藤の背中に手を添え、歩き始める。お藤はちらと振り返り、お稲たちに向かって婉然《えんぜん》と目配せした。

お藤を見送り、三人は感嘆の息をついた。

「さすがお藤ねえさん、お見事だわ」

お蘭が言うと、お稲も頷いた。

「豊海屋の大旦那様のこと、真に手懐《てなず》けているね」

「恰好《かっこう》いいわ。私もねえさんみたいに、男の人に何でも言うことを聞いてもらいたいなあ」

お桃が羨ましそうに言うと、お稲は愛らしい額を小突いた。

「お前は、まだ修業が足りないね。だが石の上にも三年。三年後にはお桃だって、豊海屋の大旦那様みたいな人を手懐けられるようになっているかもしれないよ。それまで気張りんさい」

お桃は額をさすりつつ、えくぼを作った。

「そうね。お藤ねえさんみたいに、男を惑わす女になれるよう、気張るわ！」

意気込むお桃がなにやら可笑《おか》しく、お蘭とお稲は吹き出す。お桃は目を剥《む》いた。

「あら、失礼ね。私には、どうせなれないと思っているのでしょう？　まあ、いいわ。三年後をご覧あれ」

お桃は澄ました顔で、早朝から煎餅を頰張った。

お藤は、悠右衛門と駕籠に乗り、中村座へと向かった。一昨日の夜、店を訪れた悠右衛門に、お藤がねだったのだ。

――ねえ、お芝居を観にいく日、瀬谷雪之介に会ってみたいんです。会うことはできないでしょうか。

義経千本桜に、雪之介はお里《さと》の役で出ている。お里とは、いがみの権太の妹役なので、雪之介は松乃丞と絡みが多いと思われた。

悠右衛門は怪訝《けげん》そうな顔をした。

――いったい急に、どうしたんだ。お藤が雪之介の贔屓とは知らなかったぞ。

悠右衛門がヤキモチを焼くであろうことは想定済みだったので、お藤は甘え声でしなだれかかった。

――雪之介って、女形として人気があるのでしょう？　私も錦絵で見たことがありますが、本当の女よりも女らしく描かれていて驚いたんです。実際に会って、本物の女以上に麗しい男なのかどうか、確かめてみたくて。

お藤に凭《もた》れかかられ、悠右衛門は目尻を下げながらも、まだどこか疑わしそうだった。そこでお藤はさらに身を寄せ、悩ましげに言ったのだ。

——私は女形の雪之介を、男としては見られません。だって、私の好みは、懐が広くて、逞しくて、男らしい人ですもの。……大旦那様のような。

お藤は悠右衛門の胸に、指で「の」の字を書き、耳元で囁いた。

——だから、心配なさらないで。あくまでも雪之介の女形としての所作や、評判がよい踊りに、興味があるだけなのです。

お藤の息が耳に吹きかかると、悠右衛門は鼻の下を伸ばして陥落した。自分も付き添うという条件をつけて、お藤の我儘を叶《かな》えることにしたのだった。

大店の大旦那である悠右衛門は、中村座に顔が利くのだ。


芝居の合間に、中村座の楽屋で、お藤は悠右衛門とともに雪之介に会った。彼に対する素直な印象は、やはり男に見える、であった。雪之介は、衣裳《いしょう》はつけておらず、化粧を施して小袖を纏った姿だった。錦絵の印象とはまた違うが、美しいのは確かである。

お藤は雪之介を贔屓にしている訳ではないが、人気役者を前に、些《いささ》か舞い上がった。

「まあ雪之介様、間近で拝見しますと麗しい限り！　まさに天女の如くで、眼福ですわ。憧れの方にお会いできて、昂っております」

　雪之介は紅を差した唇に、笑みを浮かべた。

「貴女《あなた》もお美しいではありませんか。錦絵に描かれたこともあるのでしょう？　大旦那様にお伺いしております」

　お藤は両手を口に当て、大袈裟《おおげさ》に目を瞬かせた。

「ご存じでいらっしゃったのですね。八洲赤麻呂さんに描いていただいたのです。雪之介様も、確か……」

「ええ。描いてもらったことはあります。ですので、あのような亡くなり方をしたと聞いて、驚きました」

　お藤は心の中で、にんまりとする。雪之介が錦絵について先に触れてくれたので、赤麻呂の話に無理なく持っていけそうだ。

　お藤は沈痛な面持ちを作り、相槌を打った。

「本当に。私は描いてもらったのは一度だけで、親しい訳でもありませんでしたが、それでも悲しみが込み上げて参りました。存じ上げている方がお亡くなりになるのは、やはり悲しいですわね」

　悠右衛門はお藤の隣で、頷きながら聞いている。何も訝しくは思っていないようだ。

　雪之介も大きく頷いた。

「そうですね。私は何度か描いてもらっていましたし、夏にまた描いてもらう話があったので、無念の思いです。腕は本当によい方でしたから」

溜息をつく雪之介を眺めながら、お藤は声を低め、思い切って言ってみた。

「でも、あれほど腕がよい絵師でいらっしゃったのに殺められるなんて、陰では悪いことをなさっていたのでしょうか」

雪之介はお藤を見つめ、大きく瞬きをする。悠右衛門もお藤を見やった。雪之介は躊躇いがちに答えた。

「瓦版《かわらばん》には、博打のいざこざが原因で、若い男に殺されたのでは、などと書かれていましたよね。お金に汚かったかどうかは知りませんが、位や権に阿る面《おもね》はあったように思います」

「大きな商家や武家のお抱え絵師でもあったと聞きました。そのようなご性分だったのですね」

「おそらく、そうでしょう。阿るというよりは、位や家柄などに拘《こだわ》るといいますか。……描いてもらっている時に、面白い話をなさったのですよ」

「どのようなお話ですか」

「ちょうど師走《しわす》で、《仮名手本忠臣蔵《かなでほんちゅうしんぐら》》を上演しておりまして、私は顔世《かおよ》御前を演じていたのです。その姿を描いてもらっていたのですが、赤麻呂さんが、仮名手本忠臣蔵をとても褒めたのです」

「確か、こんなことを仰っていました。……忠臣蔵の一連の人々を、歴史上の大物たちに置き換えるのは、素晴らしい発想だ。置き換えてしまっても、話が巧く纏まればいいのだ。まあ、塩冶判官《えんやはんがん》と浅野内匠頭《あさのたくみのかみ》も、高師直《こうのもろのう》と吉良上野介《きらこうずけのすけ》も、さほど家柄に差はないから、問題はない。……などと。とにかく家柄は大切だ、と言って、にやにやと笑っていたのです」

お藤は悠右衛門と、目と目を見合わせた。

雪之介が言ったように、《仮名手本忠臣蔵》では、忠臣蔵に関わった者たちが、室町時代の人物たちに置き換えられている。浅野内匠頭は、塩冶判官。吉良上野介は、高師直といったように。

雪之介が演じたという顔世御前は、塩冶判官の妻である。芝居では、高師直が顔世に懸想したことがきっかけで塩冶判官と火花が散り、まさに忠臣蔵の一件を模した大騒動が起きるといった内容だ。

その芝居を赤麻呂は非常に好んでいたらしく、いくつかの台詞《せりふ》まで諳《そら》んじていたようだ。

お藤はふと思った。

──名家好きが高じて、それらの者たちが争う話を好んでいたのかしら。

忠臣蔵を、家臣が殿様に忠誠を誓った、胸のすく話として好む者は多いが、赤麻呂はまた別の理由で好んでいたと思えた。いずれにせよ雪之介が言ったように、赤麻呂は権や家柄に興味を持っていたことは確かだろう。

──位や権を持っている者たちに、どうにか取り入って、自分も得をしたいと思っていたのでしょうね。せっかく優れた腕を持っていたのだから、邪念など抱かずに、純粋に絵に打ち込んでほしかったわ。そうすれば……殺されることもなかったでしょうに。

そう思い、お藤は溜息をつく。赤麻呂の話をこれ以上引っ張ると、悠右衛門にさすがに怪訝に思われるだろうと懸念しつつ、最後に訊ねてみた。

「赤麻呂さんって、やはり癖のある方だったようですね。お抱えにしていた商家や武家って、どのような人たちなのでしょう。お分かりになります？」

雪之介は首を少し傾げた。

「私が聞いたところでは、大店の蠟燭問屋ですとか、旗本でしょうか。名前までは詳しくは知らないのですが」

悠右衛門が声を出した。

「付き合いが広かったのですな」

お藤は悠右衛門を窺いつつ、赤麻呂の話はそこで止め、当たり障りのない話をしてお茶を濁した。そろそろ時間という頃、お藤は色紙を取り出して、雪之介に名前を書いてもらった。

お藤は色紙を胸に抱え、満面に笑みを浮かべた。

「本当にありがとうございました。家宝にいたします。お店に飾ってもよろしいでしょうか」

雪之介も笑顔で答えた。

「もちろんです。あ、お店の名前も入れましょうか」

「まあ、ありがたいお申し出！　恩に着ます」

雪之介は再び筆を執り、花蝶屋さんへ、と書き添えた。

お藤は繰り返し礼を述べ、悠右衛門とともに桟敷席に戻った。

芝居が始まり、お藤がそっと凭れかかると、悠右衛門の目尻がみるみる下がった。久方ぶりに、しかも桟敷席で観る歌舞伎は、鮮やかにお藤の目に焼きついた。

悠右衛門は疑念を抱くこともなかったようで、芝居が終わると上機嫌でお藤を花蝶屋に送り届け、お茶まで飲んでいった。

お茶を味わいながら、悠右衛門は言った。

「雪之介との面会の時は少しヤキモキしたけれど、お藤はなにやら冷静なようにも見えたんで、途中から安心した。……実のところ、会ってみたら、雪之介にあまりときめかなかったんじゃないか？」

鋭く突かれ、お藤は目を瞬かせた。雪之介に興味を持たなかった訳ではないが、赤麻呂について聞き出すために、冷めていたことは確かだ。自分のことをよく見ているものだと、悠右衛門がいじらしく思えてくる。

お藤は咳払いをして答えた。

「雪之介を男として意識していた訳ではなかったので、ときめきも何もありません。でも、まあ、思ったほどでは……というのが正直な気持ちです」

悠右衛門の熱い眼差しを感じつつ、お藤は両手で口を塞いでみせて、頭を下げた。

「ごめんなさい。大旦那様に無理を言って、会わせていただいたのに」

悠右衛門は、お藤の肩に手を置いた。

「いいんだよ。自分の目で見て、確かめなければ分からないこともあるからね」

お藤は潤む目で、悠右衛門を見上げた。

「はい。……やはり、大旦那様に敵う方など滅多にいないものだと、はっきり分かりました」

悠右衛門は言葉もなく、お藤の肩を抱き寄せる。お藤は裏稼業のために、悠右衛門を、ある意味欺いている。だが、今の言葉に偽りはなかった。お藤だって悠右衛門を、男として好ましく思っているのだから。

夜、お藤から話を聞き、お蘭たちは勘を働かせた。

「やはり赤麻呂は、家柄などに拘っていたのね。では、香奈さんが言っていたように、赤麻呂殺しにどこかの武家が関わっていたとすれば。赤麻呂は武家の弱みや秘密を何か握って、強請《ゆす》ろうとでもしていたのかしら」

お蘭が言うと、お桃は身を乗り出した。

「武家屋敷で賭場を開いているってことかしら。赤麻呂はその弱みを握って、武家を強請ったってこと?」

お稲が答えた。

「それぐらいの弱みでは、さほど強請れないよ。明るみに出たって、中間部屋にいる中間たちが勝手にやったことだと言って、彼らのせいにして白を切ってしまえばいいのだからね」

「そうね。武家を強請るのだったら、……何かもっと、重大な秘密だと思うわよ」

お藤が相槌を打つも、秘密が何か、さっぱり見当がつかない。四人は顔を見合わせ、溜息をつく。

辰雄も神田のあたりの武家を探ってはいるが、手懸かりが少な過ぎて、見当がつかないという。雪之介からも、詳しい名前までは聞けなかった。もっと手懸かりを摑むべく、三人娘たちも聞き込みに励むことにした。

お藤が言った。

「赤麻呂が懇意にしていた板元を訪ねていろいろ訊いてみる、っていうのはどうかしら。でも、怪しまれてしまいそうね」

お稲は腕を組んで暫し考え、口にした。

「あんたたちを描いた絵を出した板元に、忍び込んでみるか。思い出したんだ。あそこは確か、赤麻呂さんとお客の仲介もしていたよ。私も、板元の主人に言われたからね。赤麻呂さんの絵がご入用の時には、私どもに仰ってください、話をつけますので、って。板元には、赤麻呂が関わっていたお客の名が書かれた帳面が残っているかもしれない」

三人娘は顔を見合わせ、頷き合う。お蘭が言った。

「一番、早いかもしれないわ。〈東屋《あずまや》〉さんね。場所は、日本橋は富沢町《とみざわちょう》」

「割と大店よね。楽文堂さんには敵わないけれど」

お藤がお桃をちらと見る。お稲が訊ねた。

「楽文堂は、赤麻呂と仕事はしていなかったのかね」

「していなかったみたいよ。私も気になって、京也さんにさりげなく訊いてみたことがあったけど、取引は一切なかったみたい。でも、いずれは仕事を頼みたかったらしくて、亡くなってしまって残念だ、と言っていたわ」

お桃の答えに、お蘭は眉を八の字にした。

「京也さんに赤麻呂のことをこれ以上いろいろ訊ねると、疑問を持たれてしまいそうだわ。京也さん、結構鋭そうだし」

「そうなのよ！　あの人、ひょろっとしているのに、勘がやけに働くの」

お桃が同調すると、お藤が笑った。

「勘が鋭いのに、躰つきは関係ないわよ。ひょろっとしていようが、でっぷりしていようが」

「そうだよ。元締めはでっぷりしているけれど、あれでなかなか勘が働くからね。同心だっただけあるよ」

お稲が言うと、三人は笑い声を上げた。もしや今頃、辰雄はくしゃみをしているのではないかと思うと、お蘭はいっそう可笑しかった。

姦しくも、東屋に忍び込むことを、しっかり相談する。お蘭の手が、ゆっくりとお藤に忍び寄った。

六

夜風はまだ冷たい、如月《きさらぎ》の初め。三人娘は忍び装束に身を包み、板元の東屋の近くに潜んでいた。木戸は既に閉まっている四つ半（午後十一時）、大方の者は寝静まっている頃だ。

この刻限になぜ動けたかといえば、花蝶屋は舟を持っているので、それを使ったのだ。舟は辰雄が用意してくれたもので、花蝶舟と名づけている。小さいが造りはしっかりしたものだ。

花蝶舟で隅田川を行き、中洲《なかす》のあたりで浜町堀へ入る。浜町堀には橋がいくつも架かっていて、栄橋《さかえばし》のあたりで舟を下りれば、目の前は富沢町だ。

三人娘は、木戸が閉まる直前に富沢町に入り、東屋の近くの草むらに潜んでいたのだ。そこで着物から忍び装束に素早く着替えたのである。

皆で相談していた時、お蘭がお藤の足に触れ、もう攣《ひきつ》ることもなく充分動けるだろうと確かめたので、今回は三人で向かったという訳だ。

東屋の造りは、前以《もっ》て調べていたので、速やかに取りかかる。裏の塀はさほど高くはないので、お蘭が四つん這《ば》いになって台の代わりになり、お藤、お桃の順に忍び込む。お蘭は塀に手をかけ、軽やかに乗り越えた。

暗闇の中、三人は頷き合う。誰しも思っているだろう。出会った頃は躰の動きが特に機敏な訳ではなかったのに、お稲に鍛えられたおかげで、すっかり忍びの術が身についた、と。

三人は息を凝らしながら、土蔵へと近づいた。商家の富は土蔵に仕舞われる。大切なものや、人目には触れさせたくないもの、店に置く必要はないが一応残しておきたいものも、仕舞われるだろう。たとえば、赤麻呂のお客の名を記した帳面などだ。

土蔵の中に入るには、錠を開けなければならない。お藤は懐から小さな棒を取り出すと、鍵穴に差し込んで、巧みに動かした。二枚のバネ板を同時に押さえ込んで開くのだ。お藤は錠前破りが得意である。

小さな音が響き、三人娘は目と目を見合わせる。土蔵の戸に手をかけると、するすると開いた。

五坪（十畳）ぐらいの広さなので、さほど時間はかからないと思われた。お桃は入口の近くにいて、人が来ないかを見張り、用意してきたがんどうを灯して、お藤とお蘭で探し始めた。

思ったとおり、土蔵の中には、帳簿や帳面も仕舞われていた。百冊以上あるものを、一冊一冊、確かめていく。

半分ぐらい終わったところで、お桃が小さな声を上げた。

「誰か来る！」

お藤とお蘭の顔が強張る。お桃は戸をきっちりと閉め、お蘭はがんどうの蠟燭を吹き消した。三人で寄り添い、身を縮めて息を潜める。こうすれば闇に紛れることができる。

足音が近づいてきた。そろそろ九つ（午前零時）頃なので、手代が最後の見廻りをしているのだろう。

暗闇の中、三人で目配せし合った。

――いざとなれば、手代を倒して、逃げよう。

心を決めるも、足音は遠ざかり、土蔵の戸が開かれることはなかった。

おもむろに、お藤が口を開いた。

「ずいぶん緩い見廻りだったわね」

「おかげで助かったわ」

お蘭は息をつく。

「ひやひやしたら、小腹が空いちゃった」

あっけらかんと言うお桃が可笑しくて、お蘭とお藤は声を上げぬようにして笑った。

お桃は再び見張りに戻り、お藤とお蘭は帳面を調べ続けた。残り十冊となったところで、お蘭が小さく叫んだ。

「あったわ！」

お藤が覗き込んで確かめる。東屋が、赤麻呂に引き合わせたお客たちの名前が連なっていた。こちらを見ているお桃に、二人で目配せすると、駆けてきた。三人で確かめ、間違いないと帳面を仕舞い込む。

決して音を立てぬように戸を開け、証は何も残さずに、塀をまた乗り越えて、速やかに外へ出た。

三人娘は忍び装束のまま、舟を留めてある栄橋のたもとで落ち合うことを約束し、三手に別れた。深夜でも、なるべく人目につかぬように用心する。

木戸が閉まっているので、三人はそれぞれ屋根を伝って、町を出た。今の時分に木戸を通るには、木戸番に姿を見せねばならないからだ。三人とも、木をよじ登って屋根に飛び移るなど、お茶の子である。

闇に溶け込みながら駆け抜け、三人揃うと舟に飛び乗り、交替で漕《こ》ぎながら本所へと戻っていった。

夜の川で舟は大きく揺れ、お蘭の懐から帳面が落ちそうになる。

「危ない！」

お藤が叫んだ。

七

「なるほど。赤麻呂が贔屓にされて出入りしていたのは、京橋の質屋、大番士、普請奉行、安中《あんなか》藩の藩士、森田町《もりたちょう》の札差《ふださし》などの家か。どこも裕福そうだ」

大番は五番方の一つで、大番士は旗本が務めている。川に落とすことなく無事に持って帰った帳面を、お稲はじっくりと眺めた。

お桃は酒饅頭《さかまんじゅう》に手を伸ばす。お稲が作って、帰りを待ってくれていたのだ。お蘭が言った。

「武士が怪しいのならば、大番士や普請奉行、藩士を調べてみればいいのでは。でも、大番士の組屋敷は、江戸城の北西の番町《ばんちょう》に集まっているのよね。普請奉行の飯尾《いいお》という人の屋敷は愛宕《あたご》にあるみたいだし。どちらも、優太さんが追いかけられた神田とは、少し離れているわ」

お藤が訊ねた。

「安中藩の江戸屋敷ってどのあたりにあるのかしら」

お蘭もさすがに分からず、首を捻る。お稲が答えた。

「元締めに訊いておくよ。大番士の伏見《ふしみ》、普請奉行の飯尾、安中藩藩士の栗山《くりやま》、一応すべて調べてもらおう。同じく侍の元締めなら、何か摑めるかもしれない」

「私たちでは、お侍は詳しくは探れないものね」

お桃は酒饅頭を手に、唇を少し尖らせる。お藤は帳面を覗き込みながら、首を捻った。

「書かれているのは十人ほどよね。これ以外にも、赤麻呂さんのお客はもっといたように思うけれど」

「いるはずよね。顧客すべての名前が書かれた帳面は、赤麻呂さんが持っていたと思うけれど、きっと没収されてしまったのよ」

お蘭は溜息をつき、お桃は首を傾げる。

「沢井の旦那が没収して、今は奉行所のどこかに仕舞ってあるのかしら」

「優太さんが亡くなって探索は打ち切りになったから、放っておかれているだろうね」

お稲が答える。お藤が言った。

「この中の何人かに話を聞くことができたら、赤麻呂さんについてもっと分かりそうだけれど、聞き込みは難しそうね」

お稲が頷く。

「下手にやると、自分たちの正体がばれてしまいそうだ」

お桃も帳面を覗き込み、声を上げた。

「あっ、占い師にもお客がいたのね。賀茂儒行《かものじゅこう》って、聞いたことがあるわ」

お蘭は指を顎に当て、首を少し傾げた。

「確か……賀茂儒行のご先祖様は、高名な陰陽師《おんみょうじ》よ。賀茂忠行《ただゆき》だったかしら。平安時代から続く名門の家柄で、ご先祖様は安倍晴明《あべのせいめい》の師匠とか」

「なんだか凄いわね」

お藤が目を瞠る。お稲が口を挟んだ。

「賀茂儒行は、家柄を謳《うた》い文句にして人気が出たからね。見た目もよくて、占いも当たるらしいから、女たちが長蛇の列を成しているというよ」

お桃が円い目をくりくりと動かし、元気よく声を上げた。

「思いついたわ！」

八

豪華な占い部屋で、お桃は賀茂儒行と向かい合っていた。噂どおり、見目麗しい男だ。齢三十ぐらいだろうか、陰陽師の装束である狩衣《かりぎぬ》を纏い、烏帽子《えぼし》を被っているので、公家のような気品が漂っている。

お稲たちと相談し、お桃が賀茂儒行の占い処を訪ねることにしたのだ。朝晩とまだ冷える時季、お桃は頭巾を被って顔を隠しつつ、京橋にある占い処の前に並んだ。着いたのは五つ（午前八時）というのに、既に列ができていて、お桃は十四番目だった。八つ半（午後三時）近くにようやく順番がきて、女中に呼ばれ、占い処の部屋へと通されたのだ。

お桃は少々緊張しつつ、礼をした。

「初めて視《み》てもらいます。よろしくお願いします」

儒行は優しく微笑んだ。

「こちらこそ、よろしく。今日は、どのようなことをお希みでしょうか。何を視てほしいのですか」

お桃は頭巾から覗く目で儒行を見つめ、はっきりと言った。

「絵師の八洲赤麻呂さんを殺めた、真の下手人についてです」

儒行は目を見開き、言葉を失う。少しの間の後で、訊き返した。

「あれは確か、若い経師屋の男で片付いたのではありませんか」

「世間ではそう思われていますが、あれは間違いだったのです。なぜなら経師屋の優太さんは、赤麻呂さんが殺されたと思しき刻、私と一緒にいたのですから。……でも、そのことを私が懸命にお役人様に言っても、信じてくれなかったのです」

お桃が目を潤ませてみせると、儒行は眉根を寄せた。

「あの……貴女は優太さんの」

「腹違いの妹です」

お桃は自分に与えられた役になりきり、涙を滲ませ、指でそっと目元を拭った。

儒行は神妙な面持ちで頷いた。

「お役人様たちが調べてくれなかったのですね。悔しいお気持ち、分かります。私も赤麻呂さんによく描いていただいておりましたので、本当に残念です」

お桃は占い部屋を見回し、訊ねた。

「ここに飾ってある絵は、すべて赤麻呂さんに？」

「さようです」

ある絵に目を留め、お桃は首を傾げた。それだけ、やけに古ぼけて見える。

「あの絵は、儒行様にはあまり似ていらっしゃいませんが」

「ええ。あの絵は、私の先祖である、平安時代の陰陽師の賀茂忠行です。古くから伝わるもので、世襲した者は仕事場に飾る掟《おきて》になっております」

「平安時代に描かれたものなのですね」

古ぼけている意味が分かったが、そう聞くと、目の前にいる儒行がいっそう威厳に満ちて見える。

お桃は姿勢を正し、もう一度頼んだ。

「名門の陰陽師家を継ぐ儒行様ならば、赤麻呂を殺めた本当の下手人も、必ず視えますでしょう。お願いです。どうか視ていただけませんか。このままでは、継兄《まませ》が報われません」

そして頭を深々と下げる。

昨夜、お桃は皆に考えを述べた。

――そんなに儒行の占いが当たるのならば、私が占い処に乗り込んで、下手人がいったい誰なのか直接訊ねてくるわ！　一番手っ取り早いもの。一番話を聞きやすくて、近づいても疑われないのは、儒行だし。

皆の目がお桃に集まったが、お桃はえくぼを作って酒饅頭を頬張った。

お桃は意気込むも、お稲たちは、やめておいたほうがよいのではと、あまりよい顔をしなかった。だがお桃は毅然《きぜん》と言い返した。

――もしはっきり視えなかったとしても、絶対に何か手懸かりを摑んでくるから、ここは私に任せて！

酒饅頭をむしゃむしゃ食べながら皆を押し切り、子犬のように転がって占い処までやって来たという訳だ。

また、お桃は思っていた。もし万が一に儒行が赤麻呂を殺めたのならば、どのような占いの答えを出すのだろうと。いずれにせよ儒行がどう視るかが興味深かった。

儒行は躊躇っていたが、お桃が占いの代金を多めに渡すと、引き受けた。水晶に手を翳し始める。儒行は呪文を呟《つぶや》きながら、水晶を睨むように見つめた。

彼の薄い唇が段々と赤く染まっていく様に、お桃は息を呑む。

呪文か唸り声か判別できないような声を上げ続け、額に青筋がくっきりと浮き立ち、唇が真っ赤に染まったところで、儒行は叫んだ。

「緑色の表紙の帳面が視える！」

「きゃああっ！」

迫力と形相に気圧され、お桃は悲鳴を上げた。どきどきする胸を押さえ、座ったまま後ずさる。儒行は続けて言った。

「それに何か手懸かりを書き残したとみえる。帳面は、赤麻呂の家にあったはずだ」

お桃は円い目を大きく瞬かせた。儒行は何かに取り憑《つ》かれたかのように、顔つきも口調も変わってしまっている。

お桃は喉を鳴らし、掠《かす》れる声で答えた。

「家にあったのならば、お役人様たちが没収してしまったかもしれません」

「下手人が誰とはっきり分からぬが、そこに何か書かれているようだ。赤麻呂の姿と帳面が重なり合い、叫び声が聞こえる。早く見つけてくれ、と」

お桃は息を呑んだ。

「分かりました。緑色の帳面ですね」

「そうだ」

儒行の顔つきが、徐々に戻っていく。下手人が視えなかったのは残念だったが、手懸かりが増えたように思い、お桃はひとまず満足する。

お桃が礼を述べて腰を上げた時には、儒行の面持ちはすっかり穏やかになっていた。

占い処を出ると、まだ日が高かったので、お桃は京橋の菓子屋に寄って、お稲たちに手毬飴《てまりあめ》を買って戻った。

だが……帰り道、何者かにつけられている気配を感じ、お桃は身を竦めた。


三人娘の活躍で、赤麻呂のお客だった者たちが少しずつ分かってきた。

蠟燭問屋〈明彩堂《めいさいどう》〉の主人。質屋〈萬屋《よろずや》〉の主人。大番士の伏見。普請奉行の飯尾。

占い師の賀茂儒行。森田町にある札差の〈倉嶋屋《くらしまや》〉。安中藩の藩士の栗山。

辰雄によると、安中藩の江戸藩邸は神田にあるとのことだ。

伏見と飯尾、栗山、札差の倉嶋屋は、辰雄と桂雲が詳しく調べることになった。

ほか、板元の土蔵から奪ってきた帳面に書かれていたのは、大店の仏具屋や紙問屋や油問屋だった。

調べを進めるにつれ、闇椿の者たちは気づいた。占い師の賀茂儒行だけでなく、いずれも代々の名家であることに。

辰雄の調べによると、侍の伏見は、清和源氏《せいわげんじ》の流れを汲む血筋のようだ。札差の倉嶋屋は、鎌倉北条《かまくらほうじょう》家の末裔《まつえい》だという。質屋の萬屋の先祖は、平安時代に大蔵省《おおくらのつかさ》を務めた公卿《くぎょう》とのことで、錚々《そうそう》たる面子《メンツ》に、お蘭たちは驚きの声を上げた。

「そのような名家に抱えられていたなんて、赤麻呂さんの腕は本当によかったのね。惜しい方を亡くしたわ」

「でもさ、名家の者であれば、秘密を知られて強請られたりしたら、いっそう困ってしまうだろうね」

お稲が腕を組む。お藤は蜜柑を食べながら、呑気《のんき》な口ぶりで言った。

「赤麻呂さんは、名家の人たちの姿絵（肖像画）も描いていたんでしょうね。お金持ちってそういうことを好みそうだわ」

「きっと、そうよ。賀茂儒行の占い処にも、自分を描いてもらった絵が、たくさん飾ってあったもの」

お桃も蜜柑を味わいながら、相槌を打つ。

赤麻呂が出入りしていた武家で、今のところ分かっているのは三家だ。香奈が言っていた、神田明神の近くという線でいくと、最も疑わしいのは安中藩の藩士の栗山である。だが神田明神の近くで追いかけられたといっても、屋敷があたりにあるとは限らない。それだけで栗山が赤麻呂殺しに関わっていると決めつけるのは、早計であった。

またお桃は、儒行の占いから知り得た、緑色の表紙の帳面が気になっていた。

お蘭はお桃に約束した。

「機会があれば勝之進様に、緑色の帳面を没収したかどうか、さりげなく訊ねてみるわ」

だがお稲は首を捻った。

「でも、今頃になってそのようなことを訊ねると、ちょいと疑わしく思われるかもしれないね」

「確かに、そうね。……訊くのは難しいかもしれないわ。慎重にいかないと」

お蘭はお茶を啜り、背筋を伸ばす。

「お蘭ねえさん、お願いね」

頼みながらも可愛い口に蜜柑を運ぶお桃を眺め、お藤が呆れたように言った。

「色気より食い気の割には、お桃も結構やるわよね。占い処から帰る途中、声をかけてきた男を、お店まで連れてくるなんて」

「ふふ。どこかに遊びにいかない、って誘ってきたから、じゃあうちのお店に来ない、って答えたまでよ。そしたら本当に来てくれたってわけ」

えくぼを作るお桃に、お稲が諭した。

「いい人だったからよかったけれど、しつこく付き纏ってくる人もいるだろうから、気をつけな」

「分かっているわ。優しそうな人だったから、返事をしたのよ。危なそうな人だったら、さっさと逃げるもん」

お藤がにやりと笑った。

「お桃、逃げ足は結構速いのよね。とろそうに見えるけれど」

「あ、一言よけい！」

お桃が蜜柑の皮を投げると、お藤はさっと身を躱し、皮はお稲にぶつかった。


赤麻呂について調べを進めてはいるものの、闇椿の者たちも、真の下手人を捜し当てるのは骨が折れた。

三人娘は、水茶屋の仕事だってあるのだ。お稲も交えて話し合った結果、やはり神田に江戸藩邸がある安中藩の者が怪しいのではないかと察せられた。

そこでお稲は店を仕舞うと、天王町にある辰雄の家へと一人で向かった。出る前、三人娘に念を押した。

――皮を私に投げた罰として、お桃は七日の間、蜜柑を食べては駄目だからね。お藤、お蘭、しっかり見張ってなさいよ。

――分かったわ、おかあさん。

お藤とお蘭は素直に答えたが、お桃は――わざとやったわけではないもん――と膨れっ面だった。お稲はお桃のお尻を叩いてから、出かけたのだ。

夜風に乗って梅の香りが漂ってくる。墨を散らしたような空には、丸みを帯びた月が浮かんでいた。

途中、殺気を感じて、お稲は身構えた。

第三章　消えた看板娘

一

辰雄《たつお》が住む長屋の家からは、明かりが漏れていた。お稲《いね》が腰高障子《こしだかしょうじ》越しに声をかけると、辰雄が中へ通した。

豆腐と葱《ねぎ》の匂いが漂っている。湯豆腐を突《つつ》いていたことはすぐに分かった。お稲が上がり框《がまち》を踏むと、先客の桂雲《けいうん》が手を挙げた。

「よう」

お稲は目を瞬《またた》かせた。

「あら、先生。また呑《の》みにきてるの?」

桂雲は鼻白んだ。

「俺がここに入り浸っているような言い草だな。元締めが侘《わび》しいんじゃねえかと思って、来てやってるんだ」

「お互い様だ」

辰雄は苦笑する。お稲は腰を下ろし、辰雄を見やった。

「元締めは女っ気がないですからね」

桂雲はにやりと笑う。

「俺は女には不自由しねえがな。相変わらずいろんな女に追いかけられて困っているぜ」

お稲は桂雲を一瞥《いちべつ》した。

「あら、女たちは先生に只《ただ》で治してもらいたくて追いかけ回してんじゃないの？」

桂雲は酒を啜《すす》って顔を顰《しか》める。

「相変わらず口の減らねえお嬢さんだ」

「相変わらず肉の減らない若人さんで」

お稲は桂雲の豊かなお腹《なか》を眺め、にやりと笑う。桂雲は下腹をぽんと叩《たた》いた。

「そこがいいと言って群がってくる女も多いぜ」

「寒い時には、先生の暑苦しさがいいんだろうね。温石《おんじゃく》（懐炉）みたいなもんだ」

「ほう、俺は人間温石ってことか。お稲、お前も一度、俺の温《ぬく》もりを試してみるかい」

「遠慮しとくよ」

二人の遣《や》り取《と》りを聞きながら、辰雄は苦笑いだ。お稲と桂雲は軽口を叩き合いながらも、割と仲がよいのである。

辰雄はお稲を眺めながら、着物の裾が少し汚れていることに気づいた。訊《たず》ねてみると、お稲は苦い笑みを浮かべた。

「ここへ来る時、大きな野良犬に飛びかかられそうになりましてね。少々、闘ったという訳です。胡椒玉《こしょうだま》をぶつけてやったら、くしゃみを連発して、喚《わめ》きながら逃げていきましたよ」

お稲は懐から、唐辛子も少し混ぜて作った、胡椒玉を取り出して、二人に見せる。護身用に、いつも携えているのだ。

辰雄と桂雲は目と目を見交わした。

「相変わらず勇ましいな」

「嚙《か》みつかれたりしなかったかい」

「大丈夫。私より、犬のほうが心配だ」

桂雲が坊主頭を撫《な》でた。

「お稲に挑んだりするからよ。命知らずなお犬様だ」

笑いが起きる。辰雄がお稲の分の椀《わん》と盃《さかずき》も持ってきて、三人で鍋《なべ》を味わいながら話した。

「やはり安中《あんなか》藩の藩士が怪しいのではありませんかね」

お稲が言うと、辰雄は眉根を寄せた。

「ならば、そこに絞ってみるか。だが、神田《かんだ》の屋敷を見張ったところで、何か摑《つか》めるかどうかは分からないな」

「それもそうですね」

藩士について調べるといっても、現役の同心を退いている辰雄ならば、時間がかかるであろうと思われる。

「まあ、六助《ろくすけ》と七弥《しちや》にも手伝ってもらって、やれるだけやってみる」

「あの二人もお稲に鍛えられてるから、なよっとしている時もあるが結構役に立つよな」

桂雲が口を挟むと、お稲は笑みを漏らした。実は六助と七弥ももとは盗賊の一味で、お稲の配下だったのだ。お稲がいたのは大盗賊だったが、義賊でもあり、厳しい掟《おきて》があって殺しや凌辱《りょうじょく》は決してしなかった。辰雄がお稲たちを引き抜いたのは、義に厚い者たちだったこともあるようだ。

「まあ、六と七も精一杯働くだろうけれど、お武家のことを調べるのはそう易々《やすやす》とはいかないでしょう」

お稲に注《つ》がれた酒を味わいつつ、桂雲は口にした。

「じゃあ、俺が下屋敷に忍び込んでみるか。そこで賭場でも開いてるんじゃねえかな。それに加わって、様子を窺《うかが》うってのはどうだ」

辰雄とお稲は顔を見合わせる。

「先生、いい案だと思うよ」

お稲は膝を乗り出すも、辰雄は首を傾《かし》げた。

「だが、安中藩には下屋敷はないのではないかな」

「え、そうなんですか？……まあ、あんまり大きな藩ではありませんものね」

お稲はすぐさま肩を落とす。桂雲は口を尖《とが》らせた。

「ならば無理か。まさか上屋敷で賭場を開いてるってことはねえだろうからな。安中藩の賭場絡みで、赤麻呂《あかまろ》と優太《ゆうた》が消されたってことはなさそうだな」

三人は目と目を見交わす。行灯《あんどん》の明かりが揺れる中、辰雄が声を響かせた。

「安中藩は臭うが、見込み違いってことか」

「まだ分からねえな。俺、暇な時に、上屋敷の近くでちょいと聞き込んでみるよ。万が一に、上屋敷で賭場を開いていることもあるかもしれねえからな」

「うむ。先生、頼んだぜ」

二人は頷《うなず》き合う。お稲が頭を働かせた。

「赤麻呂と優太は、安中藩の藩士と、別の賭場に通っていたのかもしれませんしね。それで何か大きな揉《も》め事になったとも考えられませんか」

辰雄は腕を組んだ。

「あり得るな。赤麻呂が安中藩に出入りしていたことは確かなのだから、優太がどう関わっていたのかを摑めればな。分かり次第、仇討《あだう》ちの手筈《てはず》を考えられるのだが」

「でも相手が藩士ですと、難しいでしょうね」

溜息《ためいき》をつくお稲に、桂雲が言った。

「なに、困難なことをやってのけるのが俺たちじゃねえか」

桂雲は不敵な笑みを浮かべ、箸を舐《な》める。辰雄は桂雲に酒を注いだ。

「まあ、それでこその闇椿《やみつばき》だな」

桂雲は大きく頷き、酒を一息に干す。まだ肌寒い夜、七輪に載せた鍋からは、煙と旨《うま》そうな匂いが立ち上っていた。

辰雄、桂雲、六助に七弥が安中藩の周りを探るも、なかなか調べは進まなかった。焦《じ》れるまま日が経《た》ち、如月《きさらぎ》も半ばを過ぎた頃、不穏な噂《うわさ》が聞こえてきた。

頼み人の香奈《かな》が、行方《ゆくかた》知れずになったというのだ。

お茶を飲みにきたお客たちが噂しているのを耳に挟んだ時、お蘭《らん》は驚きのあまり身が竦《すく》んだ。髪結い床の看板娘が煙のように消えてしまったことに、常連客たちは衝撃を受けているようだ。

仕事の合間に、お蘭たちは相談した。

「髪結い床へ行って、確かめてみましょうか」

「香奈さんのお父《とっ》つぁんに話を聞いてみたいわ」

言い合っているところへ、お藤《ふじ》が買い物から戻ってきて、瓦版《かわらばん》を突き出した。

「これを見てよ！　香奈さんが行方知れずになってしまったことは、奉行所の落ち度だと、厳しく書かれているわ」

お蘭たちは瓦版を覗《のぞ》き込む。

髪結い床の看板娘の恋人は濡《ぬ》れ衣《ぎぬ》を着せられたのに、役人がちゃんと調べず真の下手人を取り逃がしたから、ついに娘の身にまで危険が及んだのだ、と書き立てられていた。

三人の顔が強張《こわば》る。お蘭がぽつりと口にした。

「私たちが探っている間に……勾引《かどわ》かされてしまったのかしら」

お稲は眉根を寄せた。

「なんとも言えないね。まさか、優太さんの後を追って……なんてことはないと思うけれど」

「人知れず、自害したということ？」

お桃《もも》が顔を顰める。お蘭は思わず耳を塞ぎ、声を上げた。

「縁起でもないことを言わないで！　香奈さんは必ず生きているわ。だって、あれほど優太さんの仇《かたき》を討とうとしていたのだもの。思いを果たすまでは……自害なんて、そんなことをする訳がないじゃない」

唇を噛むお蘭の肩を、お藤がさすった。

「私も同じように思うわ。香奈さんは、そんな弱い娘ではないわよ。もしや、一人で仇を討ちにいったのではないかしら」

お稲は首を捻《ひね》った。

「では、真の下手人を自ら突き止めたってことかい？　もし敵が分かったならば、元締めに必ず言いにいくと思うけれどね」

「確かにね。でも私は、香奈さんの行方知れずには、真の下手人が絡んでいるような気がして仕方がないの」

お藤の答えに、お蘭は顔を曇らせた。

「ならば、やはりその者に連れ去られたのでは」

「いったい誰なのかしら。怪しい人たちはいるけれど、絞りきれていないのよね」

お桃も首を傾げる。

「香奈さんのこと、元締めは知っているのかね」

お稲が眉を八の字にしたところで、格子戸が開き、お客が三人入ってきた。

「いらっしゃいませ」

愛想よく声を揃《そろ》えて迎える。お稲に目配せされて、お桃がお客たちを席に案内した。またお客が二人、入ってきた。お藤が案内しにいくと、お稲は声を低めてお蘭に言った。

「香奈さんのことで元締めと話し合いたいけど、忙しくて、今はちょっと行けないね」

「お店を仕舞ってからでもいいのでは？　気になるけれど、仕方がないわ」

話している間にも、格子戸が開かれる音が響く。

「いらっしゃいませ」

入口に目をやると、勝之進《かつのしん》が不貞腐《ふてくさ》れたような顔をして立っていた。お稲に目配せされ、お蘭は速やかに勝之進を座敷に上げる。お蘭だって香奈のことが心配で、できるならば香奈の父親に話を聞きにいきたいのだが、仕事中は堪《こら》えるしかなかった。

勝之進は座敷に腰を下ろし、お蘭が淹《い》れたお茶をずずっと啜って、大きな溜息をついた。

「お茶は相変わらず旨い！　だが、俺の気分はよくない」

お蘭は苦笑した。

「お顔を拝見すれば分かります。……何かございましたか」

勝之進は音を立ててお茶を啜った。

「うむ。瓦版にあれこれ書かれたのだ。奉行所はなっていない、役人とは名ばかりの無能の集まり、だとな」

「あら」

お蘭が目を見開くと、勝之進はまた息をついた。

「まあ、そこまではっきり書かれてはいないが、近いようなことが載っていた。おかげで上役からガミガミ言われ、頭にきたという訳だ。ふん、上役だからといって、好き放題言いやがって！」

怒り冷めやらぬ勝之進を眺めながら、お蘭はなぜだか微笑《ほほえ》ましくなる。お茶を注ぎ足しつつ、訊《き》いてみた。

「瓦版には、奉行所を責めるようなことが書かれてあったのでしょう？　ならば皆様の責任ではないのですか。どうして勝之進様が責められなければならないのでしょう」

「うむ。俺が受け持っていた一件が尾を引いてしまったんだ。ほら、赤麻呂殺しの件だ」

「ああ。あの一件に関することで、何かあったのですか」

そ知らぬふりで、勝之進を見つめる。勝之進は頷いた。

「うむ。優太の恋人だった香奈が、行方知れずになってしまったのだ」

「まあ」

お蘭は初めて聞いたというふりで、胸に手を当て、驚いてみせる。勝之進は袂《たもと》から瓦版を取り出し、お蘭に見せた。先ほどお藤が買ってきたのと同じものだが、もちろん初めて目を通すふりをした。

勝之進は顔を顰め、嘆いた。

「同じようなことが書かれた瓦版がいくつも売られている。瓦版屋ってのは、まともにやってる者もいるが、面白おかしくいい加減なことを書いて、売り飛ばして逃げちまう者も多いからな。こういうことを書いた奴《やつ》らを捜し出して、牢《ろう》に叩き込んじまいたいとこだが、無駄な労力になりそうだ」

「気分は晴れるかもしれませんが、確かに、仕返しはなさらなくてもよろしいかと」

「うむ。上役に言われた。とにかくもう一度調べ直して、真の下手人がいるならそいつを必ず挙げろ、と。瓦版屋をとっちめるより、まずはそちらが先だ。必ず見つけ出してやる!」

意気込む勝之進を眺めながら、お蘭は実は複雑な思いだった。

──真の下手人を、勝之進様と同時に捜すことになってしまったわ。だが、ここで手を引く訳にはいかない。香奈の安否を考えると胸が痛むが、生きているのであれば、何としてでも無事に助け出してあげたかった。そして真の下手人、一件の真実も、なんとしても明らかにしたかった。

お蘭は姿勢を正し、勝之進を見つめた。

「さすがは勝之進様ですわ。応援しております」

勝之進は頬を急に緩めた。

「うむ。お蘭にそう言ってもらうと、ますますやる気になる。ところで、焼き団子はないか？」

二人は目と目を見交わす。

「ご立腹なさったから、お腹が空《す》かれたのではありませんか」

「六本焼いてくれ。一緒に食べよう」

「はい」

お蘭は微笑み、おもむろに腰を上げた。勝之進が焼き団子を頼むのは、験《げん》を担ごうとしている時だと、お蘭は分かっている。以前、お蘭が焼いた団子を食べて、非常に手こずっていた一件が解決したことがあったのだ。今回も焼き団子を食べて、どうしても解決したいのだろう。

手早く団子を焼き、皿に載せて戻ってくると、勝之進は船を漕《こ》いでいた。だがお蘭の気配を察すると、すぐに目を開けた。

「お疲れなのですね。毎日、ご苦労様です」

皿を出しながらお蘭が言うと、勝之進は目を擦《こす》って頷いた。

「疲れてはいないが、少々、寝不足気味なのだ。赤麻呂の顧客だった者たちを調べ直しているのだが、優太との関わり合いまでは、なかなか摑めぬ。正直、困っている」

勝之進は、優太が神田のあたりで侍に追われたということを、まだ知らないようだ。お蘭は思った。

——勝之進様に、教えて差し上げたい。現役の同心である勝之進様がお調べになれば、怪しい侍がすぐに分かるかもしれないもの。でも……私が伝えたら、勝之進様はきっとお疑いになるわ。どうして私が、そのようなことを知っているのだろう、と。不審に思われてしまうでしょうから、やはり話すべきではない。

葛藤しつつも、お蘭は微笑みを忘れない。焼き団子を刺した串を摘まんで、勝之進に渡した。

「心を籠《こ》めて焼きました。お召し上がりくださいませ。勝之進様、ここではどうぞお寛《くつろ》ぎになってくださいね」

勝之進は串を受け取り、強面《こわもて》の顔をほころばせた。

「心遣い、ありがたい」

お蘭は目を伏せ、礼をする。串を渡す時に触れ合った指先が、仄《ほの》かに温もったような気がした。

勝之進に勧められ、お蘭も焼き団子を一本食べた。醤油《しょうゆ》だれで芳《こう》ばしく焼き上げた団子は、お茶によく合う。勝之進は、旨いと言いながら、次々に頬張る。自分が焼いた団子を、子供のように無邪気に喜んで食べる勝之進が、お蘭の目には可愛《かわい》らしく映った。

お蘭はゆっくりと味わいながら、勝之進にさりげなく訊ねてみた。お桃が、占い師の賀茂儒行《かものじゅこう》に視《み》てもらったことが、気に懸かっていたのだ。

「あの。赤麻呂さんのお家は詳しくお調べになったのでしょうか」

「もちろん。殆《ほとん》どすべて没収した。家の中で殺されたからか、まだ借り手が見つからないらしい」

「さようですか。……日記などの帳面が見つかれば、何か証《あかし》になるようなことを書き残しているかもしれないと思ったのですが」

勝之進は団子を噛み締めつつ、お蘭を見つめる。口の中のものを呑み込むと、笑みを浮かべた。

「探索に力添えしてくれるのだな。お蘭の勘働きは結構なものだから、心強い」

お蘭は肩を竦め、顔の前で手を振った。

「いえ、そんなことはまったく。……ただ、書き記したものが見つかれば、何かの手懸かりになるのではないかと思ったのです」

「謙遜しなくてよい。いつぞやは、お蘭に力添えしてもらって、一件を解決できたからな。あの時は助かった」

勝之進は顎を撫で、懐かしそうな遠い目をした。

その捕り物は、お蘭の見事な勘働きがなければ成り立たなかったもので、以来、勝之進はいっそう魅了されたようだ。自分に手柄を立てさせてくれたにも拘《かかわ》らず、まったく威張りもせずに、慎ましやかなお蘭に、さらに好意を持ったのだろう。お蘭が作る焼き団子も、験担ぎの食べ物となった。

お蘭も自分の勘働きを信じて、親の仇を捜しているのであるから、勘働きを駆使することは嫌ではない。むしろ、真実を突き止めるために、勘働きを磨かねばならないのだ。

以来、探索が進まない時には、勝之進はお蘭に相談してくることがある。お蘭も快く応じていたが、今回は同じ一件を探ることになり、幾分、動揺していた。

胸のざわめきを抑えつつ、お蘭は涼しい顔でお茶を注ぎ足す。勝之進は団子をぺろりと平らげ、お腹をさすった。

「帳面みたいなものは、いくつか見つかったんだ。すべて目を通してみたが、手懸かりになるようなことは書かれていなかったと思うが……。何か見落としたかもしれないので、もう一度よく見てみよう」

「お確かめになったほうがよろしいと思います。帳面には、顧客のお名前なども書かれていたのでしょうか」

「そうだ。だが、この一件に顧客だった者の誰かが関わっているとしても、多いので、絞り込むのが難しい」

「何人ぐらいいらっしゃったのでしょう」

「五十人近くだ」

「まあ、赤麻呂さん、引く手あまただったのですね。皆様、錚々《そうそう》たるお家柄なのでしょうか」

「そのようだ。調べてみたところ、どこも名家と言えるだろう。赤麻呂には何か魅力があったのだろうか。名家の者たちに贔屓《ひいき》にされていたのだから」

勝之進は腕を組む。お蘭は衿元《えりもと》を直しつつ、言った。

「確かに、絵は見事でいらっしゃいましたものね」

「まあな。だがあのような殺され方をしたのだから、少なからず恨みを買っていたのだろう」

「真の下手人はもちろんですが、香奈さんも早く見つかってほしいです」

勝之進はお蘭を見つめた。

「最善を尽くすつもりだ。帳面も見直してみよう。もし、気になるような記述があったら、力を貸してくれるかい」

「はい。私でよろしければ、お見せくださいませ」

お蘭も勝之進を見つめ返す。勝之進はお茶を啜り、満足げな息をついた。

勝之進によると、香奈の父親の奈之助《なのすけ》は酷《ひど》く憔悴《しょうすい》し、店も休んでいるようだ。先ほど家に行って、話をしてきたらしい。

「奈之助は沈痛な面持ちで、今にも倒れそうだった。手塩にかけて育てた一人娘が消えてしまい、食事も喉を通らないようだ」

奈之助は、香奈の知り合いや友人などに訊き回り、心当たりのあるところはすべて捜したが、どこにもいなかったという。奈之助に教えてもらって、勝之進も一応それらのところを回ってみたが、香奈は見つからず、手懸かりも摑めなかったそうだ。

お蘭は柳眉を顰《ひそ》めた。奈之助の苦しみが伝わってくるようで、お蘭の胸も痛む。池之端《いけのはた》の闇椿の隠れ家で目にした、香奈の姿が蘇《よみがえ》る。可憐《かれん》で清楚《せいそ》な、人形のように愛らしい娘だった。

──香奈さん、今頃どうしているのかしら。どうかどうか、無事であってほしい。

祈るような思いで、お蘭は胸に手を当てる。押し黙ってしまったお蘭に、勝之進は優しく話しかけた。

「奈之助はかなり動揺してしまっていて、こちらも辛《つら》かった。だが、気になることを言った。香奈は、優太を殺《あや》めたのは侍ではないかと話していたそうだ」

お蘭は目を上げ、勝之進を見た。

──やはり、お父つぁんにも言っていたのね。

そう思いつつ、さりげなく訊ねた。

「香奈さんはどうしてそう思われたのでしょう」

「はっきりした理由までは言わなかったようだが、そう思い込んでいたらしい。優太が香奈に言っていたのかもしれぬな。侍に追われている、などと。ならば、赤麻呂の顧客の中でも、侍に絞り込めばよいとも思われる。だが、香奈の言っていたことが本当かどうかは分からぬからな」

「お侍に絞ると、何人ぐらいになるのでしょう」

「半分ぐらいだろう」

およそ二十五人ということだが、二十五人を詳しく調べていくのも骨が折れると思われた。

「お侍の詳しいことを、香奈さんは話していたのでしょうか」

勝之進は首を傾げた。

「どうも言っていなかったようだ。旗本か御家人か、あるいは藩士なのかも。俺はなんとなくだが、藩士ではないかと思うのだが。下屋敷の中間部屋《ちゅうげん》で開かれる博打に、赤麻呂と優太が来ていて、博打がもとで何か揉め事になったのではないか。で、藩士はまずは赤麻呂を消して、優太に罪を着せてから消したのかもしれない」

お蘭は上目遣いで、勝之進の顔色を窺う。やはり勝之進も考えることは、お蘭たちと同じようだ。

「藩士に絞れば、割とすぐに見つかるかもしれませんね」

「まだ決まった訳ではないがな。まあ、まずはその線で調べてみる。とは言っても、俺など同心には、藩士を調べるのはやはり難しい。だいたい、藩邸内は幕府の権限が及ばないからな。誰かを調べるにしても、与力にも頼まないと、ちょっと無理だろう」

「お侍様の世界は、複雑でいらっしゃいますよね」

お蘭は目を伏せつつ、思った。

――ならば元締めが、安中藩の中の怪しい藩士を、簡単には調べられなくて当然だわ。現役の勝之進様でさえ難しいのですもの。

勝之進は伸びをして、息をついた。

「まあ、なんとしてでも一件を解決して、香奈を取り戻さなくてはな。奈之助は酷く憔悴していたが、俺たちに対する怒りは感じられた。お役人様たちが娘の話をもっと真剣に聞いてくだされば、などと声を震わせていたよ」

「奈之助さん、香奈さんが心配で、気が気ではないでしょうね」

「まだ生きていると固く信じているようだが、その心持ちはよいと思う。諦めたら終わりだ。俺たちもそうだ。下手人を見つけることを諦めたりしない」

勝之進は面持ちを引き締め、拳を握る。やけに男らしく見えて、お蘭は目を潤ませた。

「頼もしいですわ。私も香奈さんがご無事であること、決して諦めません」

お蘭と勝之進が頷き合うところへ、お藤が血相を変えて飛んできた。

「たいへんよ、大旦那様が！」

二

その夜、店を仕舞う頃、桂雲がふらりと訪れ、お稲に告げた。

「元締めが、話があるそうだ。仕事を終えたら、天王町《てんのうちょう》の家に行ってくれ」

「承知したよ」

お稲は頷き、丁寧に礼を言った。

「今日はお客さんを診てくださって、ありがとうございました。助かりましたよ」

「豊海屋《とよみや》の大旦那ね。俺の鍼《はり》は効くから、当分の間は、足が攣《つ》ったりしねえよ」

店の中で悠右衛門《ゆうえもん》まで足が攣り、激しいこむら返りに襲われて悲鳴を上げ、お藤が血相を変えて騒ぎ、お稲が桂雲を呼びに走ったのだ。

「先生の腕は確かだもんね。頼りにしてます」

「見直してくれると嬉《うれ》しいぜ」

桂雲はお稲の肩を軽く叩き、流れる雲のように、すっと去っていった。桂雲は、辰雄とお稲たちを繋《つな》ぐ、闇椿の伝え役でもあるのだ。

夜空には立待月《たちまちづき》が皓々《こうこう》と輝いている。お稲たちは人目につかぬよう、少しずつ時間をずらして、ばらばらに元締めのもとへと赴いた。お稲、お桃、お藤、お蘭の順だ。

四人とも頭巾で顔を隠し、懐には小太刀を忍ばせ、夜道を急いだ。

最後にお蘭が到着し、皆が集まったところで、辰雄の話が始まった。

「頼み人の香奈の行方が分からなくなったことは、皆も知っていると思う」

四人は姿勢を正し、頷く。辰雄は腕を組み、続けた。

「実は、行方知れずになる直前、俺は香奈に会っていたんだ」

お蘭たちは息を呑んだ。

辰雄の話によると、稲荷の木蓮《もくれん》の枝にまた香奈からの結び文が括《くく》りつけられていて、書かれてあったという。

――どうしても話したいことがあるので、時間を取ってください――と。それで辰雄はまた駕籠《かご》を遣わせ、池之端の隠れ家で会ったようだ。

お稲が声を上げた。

「いったい、どんな話だったのです」

「うむ。なかなか重要なことだ。優太が殺されて、香奈は落胆のあまりに頭がよく働かなくなっていたようだが、急に思い出したらしい。優太が殺される前頃、夢を見て魘《うな》されていたというのだ。一度だけでなく、何度かあったようだ」

二人は夫婦も同然だったらしく、香奈が優太の家に泊まることもあれば、優太が香奈のところに泊まることもあったという。だから香奈が優太の寝ている時の様子を知っていたとしても、何の不思議もない。

「優太は額に汗を滲《にじ》ませ、譫言《うわごと》のように繰り返していたそうだ。『うさぎが怖い、うさぎが追いかけてくる……』と」

お蘭たちは顔を見合わせる。お桃が目を瞬かせた。

「うさぎ、って、あの耳が長くて可愛い兎《うさぎ》のことかしら?」

「兎ならば、追いかけられても怖いってことはないわよね」

お藤は腕を組み、首を傾げる。お蘭は辰雄に訊ねた。

「香奈さんは、ほかには何か気になることを言っていませんでしたか」

「うむ。優太の譫言を急に思い出して、妙に気に懸かったのだろう。それだけを伝えたくて、来たようだった」

お稲が神妙な面持ちで言う。

「香奈さん、何か胸騒ぎがしたんじゃないでしょうか」

「伝えにきてすぐ行方知れずになったなんて、妙だわ。もしや香奈さんを見張っていた者がいたのでは？　香奈さんの動きに気をつけていたところ、闇椿に相談するなどなにやら妙なことをし始めたので、口封じに攫《さら》ったとか」

お藤が勘を働かすと、お稲は顔を顰めた。

「ならば、闇椿のこと、先方に気づかれてしまっているだろうね。隠れ家のことも」

「口封じのために、私たちにも何か仕掛けてくるってことはないわよね」

不安そうな面持ちのお桃の肩を、お蘭は優しくさすった。

「大丈夫よ。何かしてきたら、皆で逆に仕留めてしまいましょう。それに、その者たちが私たちに気づいていると、まだ決まった訳ではないわ。今はただ、香奈さんを助け出すことを考えましょう」

お稲が背筋を伸ばした。

「お蘭の言うとおりだ。香奈さんをどうにかして見つけ出そう」

皆、頷き合う。行灯が灯《とも》る部屋で、それぞれ勘を働かせた。お桃が首を傾げる。

「うさぎ、って、もしやお店の名前かしら。うさぎ屋、とかありそうよ」

「優太さんの譫言をなぞれば、お店が追いかけてくる、となって、変じゃない？」

お藤が言うと、お桃は唇を尖らせる。お稲が考えを述べた。

「優太さんを狙っていた侍が、兎を飼っていたのかもしれないね」

「ああ、そのほうが近いだろうな」

辰雄が頷く。お藤も勘を働かせた。

「兎は侍と何か関わっているのかしら。では、疑わしい安中藩の藩士が、飼っているってこと？」

お蘭も察したことを口にした。

「私は、うさぎ、というのは、それに似た名前の侍ではないかと思うの。もしくは、兎の家紋の侍か」

皆の目がお蘭に集まる。辰雄は顎を撫でた。

「名前だとすると、たとえば、どんな名だろうか」

「宇佐美《うさみ》とか、宇崎《うざき》、などではないでしょうか」

「お蘭の勘が当たっているなら、突き止められるかもしれないな」

お稲が訊ねた。

「安中藩の、栗山《くりやま》という藩士ではないってことですか」

「うむ。いくら探ってみても、安中藩や、栗山に、悪い噂はないんだ。六助と七弥がへばりついているが、賭場を開いている様子などもまったくない。安中藩は勘違いだったような気がする」

お稲と三人娘は顔を見合わせる。辰雄は続けた。

「だから探索を変えてみよう。香奈が俺に伝えた、うさぎという言葉には、お蘭が考えたような意味があったのではないかな。おそらくは、赤麻呂が関わっていた侍で、兎の響きに似た名前の者、あるいは兎の家紋の者。神田の近くに住んでいたら、そいつに間違いないだろう」

お稲が言った。

「優太さんは、神田で追いかけられた侍に心当たりはないと香奈さんに言っていたようですが、本当は何者たちか分かっていたんでしょうね」

「うむ。訳があって詳しくは話せなかったが、自分の身に危険が起きた時のために、さりげなく恋人に伝えておいたんだろう」

お藤が頬を膨らませた。

「許せないわ。若く純粋な恋人たちの仲を引き裂いたなんて！　そいつを早く見つけ出して、仇を討ってやりたい」

「私も！　このままじゃ悔しいもの」

お桃が相槌《あいづち》を打つ。辰雄は大きく頷いた。

「よし、お蘭の勘働きを信じて、うさぎに似た名前の侍を探ってみよう。分かったら、すぐに伝える」

「よろしくお願いいたします」

お蘭たちは辰雄に一礼する。

「ところで、ほかにもご相談があるのですが」

顔をゆっくりと上げ、お蘭は真摯な眼差《まなざ》しで辰雄を見た。


辰雄はすぐに調べたようで、翌日の夜、桂雲が再び伝えにきた。店を仕舞った後なので、桂雲も交えて夕餉《ゆうげ》を食べながら報《しら》せを聞いた。

夕餉は、鮟鱇鍋《あんこうなべ》だ。ぶつ切りにした鮟鱇と、鮟鱇の肝もたっぷり入っている。ほかには葱、椎茸《しいたけ》、焼き豆腐。

お藤によそってもらった鮟鱇を頬張り、桂雲は相好を崩した。

「鮟鱇ってのは見てくれは悪いが、味は極上だ。見てくれに騙《だま》されてはいけねえってことだな」

「また訳知り顔をして。先生を見てれば分かるよ。見てくれと中身は必ずしも一致しないって」

「お稲、言ってくれるじゃねえか。俺は見てくれは最高だが、中身は最低だと言いたいんだな」

「その逆だよ！……と言いたいところだけれど、中身も最高とは言い難いね」

「見てくれ最低、中身もまずまず、ってことは、俺は鮟鱇にも劣るのか。我慢ならねえ、ぜんぶ食ってやる！」

言うなり桂雲は、鮟鱇を掻《か》っ込み始める。勢いあまって噎《む》せたので、お桃が慌てて水を渡すと、桂雲は一息に飲み干して目を白黒させた。部屋に笑いが溢《あふ》れる。

お腹が満たされてくると、桂雲は酒を味わいつつ、皆に報せた。

「例の侍の件だが、お蘭の勘働きに当て嵌《は》まる武家が見つかったみてえだ。神田は松《まつ》永町《ながちょう》の近くに屋敷がある、宇嵯《うさ》家だ」

お蘭たちは身を乗り出す。お稲がごくりと喉を鳴らした。

「宇嵯、という侍が本当にいたんだね」

「そうだ。元締め、お蘭の勘働きに感謝していたぜ」

桂雲に目配せされ、お蘭は首を横に振った。

「思いついたことを言ったまでよ。勘働きというほどのものではないわ」

「いや、相当なもんだ。でな、宇嵯家というのは代々、小納戸衆を務めている。役高は五百石の旗本だ」

殿様は宇嵯主計《かずえ》で、嵯峨源氏《さがげんじ》の流れを汲《く》むという家柄であり、どうやら近々、娘が書院番組頭の家に嫁ぐらしい。

書院番組頭の役高は千石で、五番方でも小姓組とともに両番とされ、地位が高い。願ってもない玉の輿《こし》であり、宇嵯家も鼻が高いようだ。

「よい縁談が叶《かな》ったのも、宇嵯家が由緒ある家柄だということが大きかったと思われる」

桂雲の話を聞きながら、お蘭たちは目と目を見交わす。お稲が口にした。

「つまりは、こういうことですか。赤麻呂さんは、明るみに出ると、お嬢さんの縁談が駄目になってしまうような何かを掴んでいて、宇嵯家を強請《ゆす》ったのではないかと。そして優太さんや香奈さんは、巻き添えを食ったに違いないと」

「うむ。そう考えるのが妥当だろうな」

お藤も口を出した。

「じゃあ、香奈さんは、宇嵯家の屋敷の中に閉じ込められているのではないかしら」

桂雲は腕を組み、目を泳がせる。お藤に見つめられ、お蘭はおずおずと自分の考えを口にした。

「閉じ込められているような気もするけれど……お嬢さんの婚礼が決まった大切な時に、果たしてそんな危険な真似《まね》をするかしら」

お稲が相槌を打った。

「そうだね。宇嵯家もそれほど愚かではないと思うよ」

「じゃあ、香奈さんは今、どこにいるというの？」

お桃が声を荒らげる。お蘭は唇にそっと指を当てた。

「なるべく静かに話しましょう。用心に越したことはないわ」

お桃は両手で口を押さえ、肩を竦める。お蘭は、素直なお桃に微笑み、話を続けた。

「もし宇嵯家に囚《とら》われているとしたら、別宅や寮にいるかもしれないわ」

「なるほど。宇嵯家が別宅や寮を持っているかどうか、調べてみたほうがいいな。元締めに伝えておく」

桂雲は酒を干し、息をつく。酌をしつつ、お稲が言った。

「でもね、こんな風にも思うんだ。優太さんの譫言の件って、どこまで頼っていい話なのだろうかって。譫言に沿って捜してみたところ、たまたま当て嵌まっていたのが宇嵯家だったというだけで、彼らがやったことだと確かな証はないものね」

桂雲は頷いた。

「そうなんだ。一件に宇嵯家が関わっていたという証など、一つもない」

お藤が切れ長の目を光らせた。

「ならば、証を摑んでみせましょうよ」

「そうね。できる限り、宇嵯家を調べてみましょう。怪しい臭いはするから、何か出てくるような気がするわ」

お蘭がやる気をみせると、お桃も拳を掲げた。

「やりましょう！　殿様がどのような人か、気になるわ」

「宇嵯主計については、元締めが必死になって調べている。何か分かったら報せにくるから待ってな。今度は酒でも持ってくるぜ。馳走《ちそう》になってばかりじゃ悪いからな」

盃を干す桂雲を眺め、お稲が目を瞬かせた。

「あら、先生でも、遠慮するってことがあるんだね」

再び噎せる桂雲の背中をお藤がさすり、お桃が水を差し出す。お蘭は眉を八の字にし、お稲は薄笑みを浮かべた。

落ち着いてくると、桂雲は目に滲んだ涙を指で擦りながら、言った。

「ところで、香奈からの謝礼金についてだが。お前さんたちの願いどおり、元締めは名を秘して、あの六両を優太の家族へ香典で送ったよ」

「よかったわ」

お蘭が息をつく。ほかの三人も大きく頷いた。お蘭たちは謝礼金に関係なく、真の下手人を突き止め、香奈を救い出し、一件を解明したいと強く希《のぞ》んでいた。

桂雲は再び酒を啜った。

「お前さんたちの心がけは実によい。だが、六助と七弥は些《いささ》か……」

三

店を仕舞う間際、戸が開かれ、間延びした声が響いた。

「お稲ねえさん、いる～？」

三人娘は顔を見合わせ、薄笑みを浮かべる。台所からお稲が出てきて大きな声で答えた。

「いるよ。お客様は皆帰ったから、小上がりに座りな」

「ありがと。元締めの報せ、持ってきたわ」

双子の岡っ引きの六助と七弥が、品《しな》を作りながら入ってくる。二人とも、ぱっと見は凜々《りり》しい顔をしているのに、どういう訳か妙に女っぽい。

お藤がお茶を出すと、六助は礼を述べつつ、言い放った。

「あら、相変わらず化粧が濃いわねえ」

「まあ、艶っぽいと言ってほしいわ」

お藤は澄ました顔で言い返し、唇を尖らして腰を下ろす。

お桃とお蘭が煎餅《せんべい》を運ぶと、七弥が言い放った。

「あら、相変わらず、ねんねちゃんねえ。赤ちゃんみたいな頬っぺたして」

「まあ、あどけないと言ってほしいわ」

お桃は頬を膨らませて座る。

お蘭も続いて腰を下ろすと、六助がにやりと笑った。

「あら、相変わらず洗濯物みたいね」

お蘭は目を瞬かせ、首を傾げた。

「どのような意味かしら」

「清らかだけれど、乾いてる、ってこと」

「しっぽりするようなこと、していないんでしょ」

七弥が合いの手を入れる。お蘭は屹度《きっと》返した。

「潔癖で一途《いちず》、と言ってほしいわ」

お稲が笑った。

「六、七、あんたたちって本当に女に厳しいね。特に、若くて、ぴちぴちしているのには」

「だから、ねえさんには優しくできるのよ、あたしたち」

六助に流し目を送られ、お稲は酸っぱい顔になる。七弥が言った。

「口ではいろいろ言うけれど、あたしたち、藤、蘭、桃にも優しいわよ。端《はな》から女として見ていないから」

三人娘は苦い笑みを浮かべる。六助と七弥はいつもこのような調子だが、不思議と憎めないのだ。お稲は煎餅に手を伸ばし、齧《かじ》った。

「私たちは仲間だからね。男も女もないさ。あ、でも、あんたたちは、元締めと桂雲先生にそれぞれ岡惚《おかぼ》れしてるんだよね。よく二人で先生のところを訪れて、鍼治療の名目で、けたたましく長居してるそうじゃないか。聞いたよ」

六助と七弥も煎餅を摑み、音を立てて齧った。

「ふん。先生ってお喋《しゃべ》りね。あたしはやっぱり元締めよ。あの男気、恰幅《かっぷく》のよさ、いつ見ても惚れ惚れしちゃうわ」

「でも元締め、近頃、昔みたいなキレがなくなってきたわね。歳《とし》かしら。やっぱり桂雲先生が最高よお」

六助は七弥を睨《にら》んだ。

「あら、あんた、元締めに文句をつけるっての？　なによ、あんなへっぽこ医者」

七弥は目を剝《む》いた。

「よくも言ったわね。自分だって鍼を打ってもらっといて」

「言ったがどうしたのさ」

「元締めなんて、お腹ぽっこりのタヌキ爺《じい》さんじゃないの！」

「タヌキのどこが悪いのよ！」

姦《かしま》しい二人に、三人娘は口も挟めない。お稲は両手で耳を塞いで叫んだ。

「はい、そこまで！　あんたたち賑《にぎ》やかなのはいいけれど、今日は報せを持ってきたんだろう。聞こうじゃないか」

六助と七弥は急に姿勢を正し、口調まで変えて話した。

「宇嵯主計はかなりの女好きで、吉原《よしわら》遊びや芸者遊びをしていることが分かりやした」

「宇嵯は決して見た目がよくはなく、はっきり言って不細工で脂ぎっていやす。屋敷を見張って、己の目で確かめやした。しかしながら自分のことは棚に上げて、美女には目がないそうです」

「特に深川《ふかがわ》が気に入っていて、あのあたりの花街でよく遊んでいるとのことです」

報せを聞きながら、お稲も三人娘も思っていただろう。――六助も七弥も、静かにしていればなかなか男らしく見えるのに――と。

二人は、辰雄の報せを話し終えると、口調がまた戻った。

「元締めに言われて、香奈のことも少し調べてみたのよ。近所の人たちや、仲がよかったって娘たちに聞き込んだの。そしたら、こんなことを言う娘もいたわ。香奈は気取ってるところがあった、とか。自分を可愛く見せようとしていた、とか」

お藤が口を挟んだ。

「香奈さんは綺麗《きれい》な娘さんだから、妬《ねた》みもあるんじゃない」

お稲が頷く。

「看板娘って呼ばれてちやほやされていただろうから、羨ましく思っていた娘もいたんだろう」

「そうね、きっと」

お蘭は相槌を打ち、お桃は唇を尖らせた。

「でも、嫌な感じだわ。行方知れずになってしまった人に対して、そんなことを言わなくてもいいのに」

六助がしみじみと言った。

「お桃、あんたはいい子ね。純なままでいて。乳臭くてもいいから」

からかわれたような気がしたのだろう、お桃はたちまち剝《む》れ顔になる。お藤が指で突いた。

「そんなに膨らませたら、お桃の頰っぺた、今に破裂しちゃうわよ」

笑い声が起きて、花蝶屋は店を仕舞った後でも賑やかだ。

六助と七弥は暫《しば》し姦しく世間話をして、明日も早いからと帰っていった。

その後、二階に上がって、皆で話し合った。

「宇嵯の殿様は、深川を特に気に入っていたみたいだね」

深川といえば一大花街、気風《きっぷ》のよい辰巳《たつみ》芸者で名高い。お蘭が意見した。

「ならば、深川を探ってみましょうか。宇嵯と赤麻呂の関わり合いが、何か摑めるかもしれないわ」

「そういえば赤麻呂も深川でよく遊んでいたって話だったわね」

お藤がぽんと手を打つ。お桃も膝を乗り出した。

「花街で聞き込むなら、夜がいいわよね」

「そうだね。今日はもう遅いから、明日にしよう。二人ずつ組んで、回ろうか。お藤とお蘭、お桃と私、だ」

お蘭はお藤と微笑み合った。

「いいわね。そうしましょう。待ち合わせ場所は、八幡様（富岡八幡宮《とみおかはちまんぐう》）の前ね」

「楽しみだわ！　私、辰巳芸者って、昔から憧れていたのよ。いろんな芸者さんを見て、色気の出し方を学んでこなくちゃ」

嬉々《きき》とするお藤を、お稲が厳しい目で見やった。

「お藤、色気の勉強もいいが、あくまでも探索が目的だからね。そこのところ勘違いしないように。しっかり調べるんだよ！」

「はあい、分かりました。怒られちゃったわ」

悩ましく唇を尖らせるお藤に、お稲はまたも目を吊《つ》り上げる。

「返事は、はあい、じゃなくて、はい、だろ。そういう間延びをした言い方をするのは、男の前だけにしなさい。私たち女の前では、色気など微塵《みじん》も出さなくてよろしい」

「……はい。かしこまりました」

お藤は悪びれもせずに、しどけなく足を崩す。

「芸者さんも素敵だけれど、半玉《はんぎょく》も見てみたいな！　私よりも若い子たちよね。可愛いんだろうなあ」

花街に探索に行くことを、お桃も喜んでいるようだ。半玉とは、芸者見習いの娘たちのことである。

はしゃぐお桃を眺めながら、お稲は首筋を少し掻いた。

「まあ、探索も、気分が乗っている時のほうが、上手《うま》くいくものだけれどね」

「そうかもしれないわね」

お蘭は深く頷くも、ふと気づく。

「でも……考えてみたら、深川の花街って広いわ。宇嵯の殿様が気に入っている料理屋や芸者の名前って、はっきり分からないのよね。一から探るのは、やはり骨が折れるわ」

お稲は腕を組んだ。

「確かにね。そこまで摑めぬことには、宇嵯の殿様と赤麻呂の関わり合いも洗い出せないだろう」

「どうやって摑めばいいのかしら」

お桃が首を傾げる。四人とも無言で考えを巡らせる。お蘭が口を開いた。

「ねえ、一度、宇嵯家の屋敷に忍び込んでみない？　香奈さんが囚われているかどうかも確かめられるわ」

お稲たちは目と目を見交わした。

四

三人娘とお稲はよく相談して、宇嵯の屋敷に忍び込むことを決めた。

香奈を助け出し、香奈の口から、何があったかを奉行所の役人に話してもらうのが一番だからだ。瓦版にまで書かれた一件ゆえ、役人たちも動かぬ訳はないと思われた。

宇嵯が捕まって自白すれば、赤麻呂と優太との繋がりも分かるだろう。

辰雄の許しを得て、宇嵯の屋敷には四人で向かった。刀を持っている旗本たちを相手にする時は、用心に越したことはない。

花蝶舟に乗り、神田川《かんだがわ》を渡って、和泉橋《いずみばし》の近くで下りる。今日も木戸が閉まる前に、宇嵯の屋敷の近くまで来て、身を潜めた。

五百坪ほどの屋敷を眺め、声を低めて話す。

「囚われているとしたら、納屋の中ではないかしら」

「いなかったら母屋の中にも入ってみよう」

「ああ、香奈さんがどうか無事でありますように」

お桃が手を合わせる。お蘭も同じ思いだが、不穏な考えも浮かんでくる。女好きの宇嵯に酷い目に遭わされていたら、どうしよう、と。

頭を振って考えを打ち消し、香奈を助け出すことに気持ちを集中させる。

九つ（午前零時）の鐘が聞こえてくると、四人は速やかに屋敷の裏手へ回った。木戸は閉まっていたが、さほど高くはないので、交替で四つん這《ば》いになって台になり、次々に忍び込んでいく。最後はお稲。木戸に手をかけ軽やかに飛び上がり、中へと着地した。

空には、真夜中にならないと現れない、下弦《かげん》の月が輝き始める。

四人は忍び装束に身を包み、闇に紛れて、目にも留まらぬ速さで動く。

納屋へと向かい、お藤がまた棒を使って、素早く錠前を破る。中へ入ると、お蘭が蠟燭《ろうそく》を灯した。さほど広くはない納屋を照らし出す。いくら確かめても、香奈の姿はなかった。

四人は目と目を見交わす。誰の目にも、落胆の色が浮かんでいた。

「母屋に入ってみよう」

お稲が微《かす》かな声で言う。三人娘は頷き、納屋を出た。お蘭は息を吹きかけて蠟燭を消し、皆で母屋へと向かった。

裏手の、台所と思《おぼ》しき部屋の錠は、難なく解けた。足音を決して立てずに、息を凝らして忍び込む。

夜のひんやりとした空気が、肌を刺すようだ。台所を出ると、四人は三組に分かれた。お桃はお稲と一緒に、お藤とお蘭は一人で、香奈を見つけるため、一部屋一部屋を確かめていく。隙間から覗き、襖《ふすま》に耳を押し当て、捜していった。

だが、香奈は見つからない。

――やはり、いるとしたら、寮や別宅かしら。

お蘭の胸に不安が過《よぎ》るも、諦めない。

寝静まっている刻《とき》、殆どの部屋が真っ暗だったが、明かりが漏れている部屋があった。お蘭は忍び足で近づき、襖に耳を押し当てる。中から、話し声が聞こえた。

「殿様、お嬢様のお輿入れもあることですし、遊びのほうは少し慎んでくだされ」

「いやいや、それとこれとは別。鶴乃《つるの》など、私に泣いて縋《すが》りつくのだ。お殿様のご尊顔を三日も拝見しなければ、私、死んでしまいます、などとな」

漏れ聞こえる話と、高らかな笑い声を聞きながら、お蘭は思った。襖の向こうで喋っているのは、宇嵯主計に違いないと。相手はおそらく宇嵯家の用人だろう。お蘭は耳を澄ます。話は続いた。

「鶴乃と申しますと、深川は〈久留屋《くめや》〉の？」

「おぬし、よく覚えておるな」

「殿様、私を供にすることもございますでしょう」

「おお、そうだった。また行こうぞ。〈神津屋《こうづや》〉の紅奴《べにやっこ》も可愛いのう。おぬしはどちらが好みだ」

二人にとっては他愛もない話なのだろうが、お蘭は手に汗を握った。宇嵯が深川で贔屓にしている芸者が二人、分かったからだ。

彼らの話が、急に止まった。お蘭は微かに身を強張らせる。襖から耳を離し、廊下を滑るように動いて、隅に蹲《うずくま》り、暗闇に紛れた。

襖が開き、男が出てきて、蠟燭を掲げた。

「誰かいるのか」

男は声を響かせる。宇嵯ではなく用人であろう。お蘭は息も止めて、闇に溶け込む。お稲に叩き込まれた、忍びの術だ。

襖が閉まる音が聞こえても、お蘭は暫《しばら》くそのままでいた。おもむろに立ち上がり、次は香奈を見つけようと、また廊下を滑り始める。

納戸を覗いていると、お藤が現れた。目と目で合図をする。香奈はまだ見つかっていないようだ。

その時、不意に別の部屋の襖が開いて、女中らしき者が欠伸《あくび》をしながら現れた。厠《かわや》にでも行こうとしたのだろう。

お蘭とお藤は身を潜める間もなく、女中と目が合った。女中は暗くてよく分からなかったようだが、人の気配を感じたのだろう、悲鳴を上げた。

「く、曲者《くせもの》！　誰か来て！」

お蘭とお藤は急いで駆け出す。だが宇嵯の家来たちが次々に現れ、取り囲まれた。

「何者だ、貴様らは！」

闇に怒声が響く。家来は五人いる。お蘭とお藤は身を硬くした。宇嵯と用人も部屋から出てくる。家来の一人が言った。

「おい、こいつら、女じゃないのか」

「ならば楽しませてもらうか」

下卑た笑みを浮かべ、お蘭とお藤に迫り寄る。突然、声が響いた。

「何やってんの、あんたたち！」

家来たちの目が、一瞬、声がしたほうへと動く。お蘭とお藤は、彼らを突き飛ばし、駆け出した。

「待て！」

家来たちが追いかけてくる。だが三人だ。残りはお稲とお桃を追いかけているに違いない。彼らが刀を抜いたことを察知し、お蘭は振り返って、目潰しを投げつけた。胡椒や唐辛子、塩などを混ぜ合わせた小袋だ。

「うわあっ」

直撃すると、目を開けていられなくなる。一人が蹲った。

「貴様！」

刀を振り翳《かざ》して追いかけてきた一人に、お藤が懐剣を投げつける。腕に刺さって、家来は悲鳴を上げて刀を落とした。

残る一人が刀を振り下ろそうとすると、お蘭はすっと身をよけ、懐から取り出した小太刀で、鳩尾《みぞおち》を思い切り突いた。家来は呻《うめ》き声を上げて気を喪《うしな》った。

お蘭とお藤は目と目を交わし、疾風《はやて》のように去り、お稲とお桃に加勢しにいった。

だがお稲は二人の力を借りずとも、元盗賊だけあって充分強い。相手が刀を持っていようが、飛び上がって顎を蹴り上げ、肩に回し蹴りをくらわせて刀を落とさせる。

別の家来が二人現れて、お稲に左右から刀を向けた。

「おかあさん、危ない！」

お桃が手裏剣を投げつける前に、お稲は懐から懐剣を取り出し、目にも留まらぬ速さで、左右の家来の手を斬った。血飛沫《ちしぶき》と悲鳴が上がる。蹲った家来たちをまたも蹴り上げ、お稲はお桃を連れて走り出す。

お蘭とお藤と合流し、四人揃って、屋敷の庭を駆け抜ける。

「曲者、許さぬ！」

しつこく追いかけてきた宇嵯に、お桃が勢いよく手裏剣を投げつけた。

「うわあああっ」

闇を劈《つんざ》くような、宇嵯の悲鳴が起きた。

五

四人は無事、屋敷を抜け出した。威勢よく飛び上がって塀を越えるなど、訳もなかった。

宇嵯が贔屓にしている芸者の名前が分かったので、彼女らに探りを入れるべく、日を改めて、お稲と三人娘は深川へと向かった。

四人は二組に分かれて舟に乗った。今日は花蝶舟ではなく、猪牙舟《ちょきぶね》を使う。お稲とお藤、お蘭とお桃だ。猪牙舟の上では、皆、当たり障りのない話しかしなかった。船頭に聞かれるのを防ぐためだ。

暗い川を眺めながら、お蘭は、香奈の行方を思い煩っていた。

——どこに閉じ込められているのかしら。……まだこの世にいてほしい。絶対に。真相を突き止め、香奈を救い出したい気持ちでいっぱいだ。お稲たちも同じであろうと思われた。

お蘭が沈んだ顔をしていたからだろうか、お桃が不意に甘えるように凭《もた》れかかってきた。

「まだ夜風は冷たいもの。こうしてると温かいな」

「私もよ」

お蘭はそっとお桃の肩を抱く。猪牙舟の上で寄り添いながら、お蘭は、血が繋がっていないお桃のことが、本当の妹のように思えていた。

深川の永代寺《えいたいじ》門前町のあたりで舟から下り、打ち合わせをして、速やかに取りかかった。

今度は、お蘭とお藤、お稲とお桃の二組に分かれ、別の料理茶屋へと行き、それぞれ芸者の鶴乃と紅奴を呼び、酒を呑ませて話を聞き出すことにした。

お蘭とお藤のもとへ来た鶴乃は、辰巳芸者らしく、さばさばとした口調で言った。

「あら、女のお客さんなんて、珍しい！　しかも若い美女なんて。どうしたんですか？　もしや芸者を志願していらっしゃるとか？」

お蘭とお藤は、顔を見合わせて微笑んだ。

「いえ、私たちは姉妹で料理屋を営んでいるの。それで、ちょっと訳があって、花街を訪ねたのよ」

お藤が言うと、鶴乃は首を傾げた。

「さようですか。どのような訳があるというのでしょう」

鶴乃が酌をしようとすると、お蘭が徳利《とっくり》を奪い、自分の分の盃に注いで鶴乃に渡した。

「お呑みになって」

「そんな。ご自分の盃ではないですか」

目を丸くする鶴乃に、お蘭は微笑む。

「私は、お酒は殆ど呑めないの。人が呑んでいるのを見ているのが好きなのよ。ねえさんは強いから、是非、呑み比べをしてほしいわ」

お藤は鶴乃を流し目で見た。

「いける口なんでしょ？　どちらかが潰れるまで、今宵《こよい》は呑みましょうよ」

鶴乃は姿勢を正し、衿元を直した。

「まあ、嫌いではないですが。……よし、受けて立ちましょう！　私、呑むとなったらとことん呑みますが、大丈夫かしら」

「お代のことなんて気にしないで。ちゃんと持ってきているから」

お藤が袂を揺すって、小判をじゃらじゃらと鳴らしてみせると、鶴乃は息を呑んだ。

小判は、もちろん辰雄に調達してもらったものだ。

「お店、儲《もう》かっていらっしゃるのね！」

「毎日、気張って仕事しているんだもの。時にはこうして息抜きしたくなるのよ」

鶴乃は目を細めて、大きく頷いた。

「お気持ち、分かります！　今宵は女同士、呑みましょう」

「そうこなくちゃ！」

お藤と鶴乃は意気投合したように、盃を傾け合う。お蘭は酌をすることに徹し、鶴乃に呑ませ続けた。お藤は手酌でぐいぐいと呑み、足を崩した。

「少し酔っ払ってきたみたい」

「あら、もう？　私が勝っちゃうかも」

鶴乃は笑みを浮かべ、調子よく干す。だがお藤、酔ったふりをしているだけである。なみなみと注がれた酒をお藤がくいと呑めば、鶴乃もくいと干す。鶴乃は目の際《きわ》を赤くして、お藤を眺めた。

「顔色が変わらないわね」

「顔に出ないだけよ。もう、ふらふらしてるわ」

お藤は息をつき、帯を緩める。衿元が些か乱れて、柔肌が覗いた。

お蘭は鶴乃に欠かさず酌をして、微笑む。

「鶴乃さんのほうが、やはりお強いみたい。辰巳芸者さんは気風がよくて、素敵ね」

「ふふ。今宵のお酒は美味《おい》しいわ」

鶴乃の顔は火照っている。お藤が声を上げた。

「私もよ！　深川の姐《ねえ》さんと呑むお酒は最高ね」

「嬉しいことを言ってくれるじゃない」

「もう、今宵は徹して呑みましょ」

お藤はお蘭から徳利を奪い、鶴乃に酌をする。

「おっとっと」

などと言いながら、鶴乃は目尻を下げて、口をつける。

鶴乃の呂律《ろれつ》が少し怪しくなってきたところで、お藤が話をさりげなく持っていった。

「ねえ、お侍の宇嵯主計様ってご存じでしょう？　鶴乃さんは、宇嵯様のご贔屓です

ものね」

鶴乃は目を瞬かせた。

「あら、どうしてそんなことをご存じなの」

「宇嵯様、うちの店にたまに食べにきてくださるの。酔っ払うと、よく鶴乃さんのお

話をするのよ。美人で芸に秀でていて、お気に入りだって。もう褒めちぎるの！　で、

鶴乃さんをどうしても一目見たくて、呼んだって訳」

「まあ、そうでしたか。いやだわ、宇嵯様ったらそんなことを仰《おっしゃ》ってるのね。なん

だか照れてしまうわ」

鶴乃は足を崩し、手で顔を扇《あお》ぐ。お蘭はすかさず酒を注ぐ。お藤は笑みを浮かべ、

続けた。

「宇嵯様のお気に入りは二人いて、一人が鶴乃さんとのことね」

鶴乃の動きが一瞬、止まった。小首を傾げて、訊き返す。

「もう一人って誰なのかしら」

「はっきり仰ってなかったけれど、その人にも結構入れあげているみたいよ」

鶴乃は一転、不貞腐れたような面持ちになる。お蘭が畳みかけた。

「宇嵯様は、女人に少しだらしないところがあるものね」

鶴乃は酒を呷《あお》り、ふう、と息を吐いた。

「本当に。宇嵯様は、無類の女好きですもの。あちこちで遊び歩いているみたいだし」

お藤が訊ねた。

「いつも一人でいらっしゃるの？　うちには、絵師を連れてくることもあったけれど。でも絵師は、殺されてしまったのよね」

鎌をかけると、鶴乃は乗ってきた。

「ああ、赤麻呂さんのこと？　深川にも、よくお連れになっていたわ。宇嵯様、よくもてなしていらっしゃったの」

「赤麻呂さんは、宇嵯様のお抱え絵師だったのよね」

「ええ。お屋敷にもよく出入りしていたみたい。でも……その割に、あまり仲よさそうには見えなかったけれど」

「確かにね」

お藤が調子を合わせると、鶴乃は酒を啜って大きく頷いた。

「宇佐様は赤麻呂さんを、渋々もてなしていらっしゃった。陰では嫌な顔をなさっていたわよ。赤麻呂さんが厠に立った時、私に愚痴をこぼしていたもの。本当に面倒な奴だ、って」

お蘭とお藤は、目と目を見交わす。やはり宇嵯は、赤麻呂に何か弱みを握られ、それをネタに強請られていたのではないかという疑いが強まった。

お蘭が訊ねた。

「宇嵯様は、どこかに別宅か寮をお持ちですっけ？　そこへ呼ばれたことはある？」

「いえ……。別宅などの話は聞いたことがないわ。あるのかしら」

お藤がにやりと笑う。

「そういうところに、若い娘を連れ込んだりしているかもね」

鶴乃は酒を呷った。

「ふん、なによ、あの助平爺い！　目移りばかりして！」

「宇嵯様って、やっぱり助平なのね」

「助平も助平！　私以外の芸者とも仲よくして……きーっ、悔しい！」

「まあまあ、落ち着いて」

お蘭はすかさず酌をする。

以降もお藤は鶴乃と酒を呑み続けながら話を聞き出し、結局は鶴乃が先に潰れてしまった。

「もう……駄目」

倒れて動かなくなった鶴乃を眺めながら、お藤は平然とした顔で言った。

「あら、つまらない。夜が明けるまで戦いたかったのに」

「……お藤ねえさんに勝てる人なんて、特に女人では、滅多にいないわよ」

溜息をつくお蘭を尻目に、お藤は手酌で呑み続け、唇を舐めてにやりと笑う。

悠右衛門にもまだ隠しているが、お藤は実のところ、大酒豪なのだ。


お稲とお桃も、宇嵯が贔屓にしていた芸者の紅奴を呼び出し、酔わせた挙句に聞き出した。結果、やはりお蘭たちと同じようなことを知り得た。

紅奴は、しゃっくりをしながら、べらべらと話した。

「宇嵯様は、美人や可愛い女に目がないのよ。春画っていうの？　美女たちの淫らな姿を赤麻呂さんに描いてもらって、買っていたみたい。よく言っていたわ。お前みたいな艶っぽい女もよいが、初心《うぶ》な娘も堪らぬ、ってね」

お稲とお桃は顔を見合わせた。二人の胸に、もやもやとしたものが広がる。

お桃が酌をしながら訊ねた。

「宇嵯様は、博打をなさったりするのかしら」

「お好きよ。ご自分のお屋敷で、こっそり賭場を開くこともあるみたい。赤麻呂さんも行っていたのではないかしら」

答えつつ、紅奴はお桃の顔をじっと見る。お桃は手で頬をさすった。

「何かついてる？」

「ううん。宇嵯様、貴女《あなた》みたいなあどけない娘もお好きだろうな、って。気をつけてね」

忠告すると、紅奴は大きな欠伸をして、こてんと横になってしまった。見下ろし、お桃は溜息をつく。

「お鼻の頭が真っ赤だわ。やっぱり、おかあさんのほうが強いわね」

「まあ、お藤ほどではないけどね」

「私もおかあさんやお藤ねえさんみたいに、お酒がたくさん呑めるようになりたいわ。一口でもお顔が赤くなってしまうんですもの」

お稲は酒を干して笑った。

「おぼこが無理しなさんな。あんたは饅頭《まんじゅう》や飴《あめ》や煎餅を食べてればいいよ」

「また子供扱いする！」

お桃は頬を餅のように膨らませるも急に真顔になり、紅奴を窺いつつ、ぽつりと呟《つぶや》いた。

「香奈さん、まだ生きているかしら」

宇嵯への疑いが色濃くなり、彼が無類の女好きと分かって、香奈の身がいっそう案じられたのだ。容易には分からぬ場所に幽閉され、乱暴を働かれ……などという胡乱《うろん》な考えも浮かんでくる。

お稲も顔を曇らせた。

六

花蝶屋に、ふらりと六助と七弥が現れ、探索の進み具合を報せた。まだ日が高いので、店の隅で、声を潜めて話し合う。

宇嵯の屋敷から香奈は見つからなかったが、辰雄と桂雲と六助と七弥が交替で見張っていた。辰雄は宇嵯の別宅を探り出し、六助と七弥で忍び込んだらしい。

「向島《むこうじま》の三囲稲荷《みめぐりいなり》の近くにあるのよ。さほど大きくなくて、生垣も低かったから、あっさり入れたわ」

「寮番みたいのがいたけれど、ちょいと気絶させてやったわ。あ、手荒にはしていないわよ」

舌を出す七弥を、お稲は睨《ね》めた。

「気絶させたんだったら、同じだよ。で、香奈さんはいたのかい？」

三人娘も身を乗り出す。六助と七弥は顔を見合わせ、ともに首を横に振った。

「隅から隅まで捜したけれど、姿はなかったわ」

「もう……どこにもいないのかしらね」

六助の呟きに、お蘭たちは唇を嚙み締める。お藤が躊躇《ためら》いつつ口にした。

「宇嵯に囚われていたというのは私たちの勘違いで、香奈さん、優太さんの後を追っただけだったのでは」

闇椿にしてみれば、香奈を救い出して詳しい話を聞き、宇嵯が真の下手人であると確かめてから、仇討ち代行にかかるつもりだったのだ。だが、香奈がこれだけ見つからないと、もうそれも無理なのではないかと思えてくる。

七弥が赤い唇を嚙みつつ、言った。

「後を追ったと思うのは、早計よ。もしや宇嵯は、闇椿みたいに、ほかにも秘密の隠れ家を持っていて、香奈を閉じ込めているとも考えられるわ。隠れ家が江戸から離れたところだと、捜すのはいっそう困難になるけどね」

重々しい空気の中、お稲が口を開いた。

「香奈さんは気懸かりだけれど、とにかく宇嵯主計の悪事を突き止めよう。宇嵯を仕留めれば、香奈さんの安否も分かるだろうよ」

六助と七弥は頷いた。

「あたしたちも、見張りと探索、気張るわ」

「しっかりお願いね」

　お稲は二人の肩を叩く。

「じゃあ、帰るわ。あたしたちみたいな下世話な奴らが、昼間から長居してもなんだからさ」

「ねえさん、何かあったらまた報せにくるわね」

　六助と七弥は目配せして、速やかに去った。二人の後ろ姿を眺めながら、お桃が言った。

「六さんと七さんって、憎々しい時もあるけれど、ほんとに面白いわね。お稲さんのこと、私たちはおかあさんって呼ぶけど、あの二人はねえさんって呼ぶでしょう。……ってことは、あの二人は、私たちからすると、おばさんにあたるのかしら？　あ、それとも、おじさん？」

　首を傾げるお桃を眺め、お藤が吹き出す。お稲も下を向いて肩を震わせる。香奈のことが気懸かりながら、お蘭も笑みを漏らした。

　三人娘が、水茶屋の仕事をしながら、辰雄の指示を待っていると、勝之進がまた浮かない顔で訪れた。

「ああ、なんだか疲れちまった」

座敷にどっかと腰を下ろし、口を尖らせる。お蘭はお茶を出し、微笑んだ。

「ご苦労様です。ごゆっくりなさってくださいね」

店を仕舞う半刻《はんとき》（およそ一時間）ほど前、落ち着いて話ができる時分だ。

お蘭の顔を見て癒されたのだろう、勝之進は面持ちを和らげ、酒と肴《さかな》を注文した。

「お蘭が作るものなら、何でもいい」

「かしこまりました」

淑《しと》やかに腰を上げ、台所へ向かう。ささっと料理をして、酒と一緒に盆に載せ、急いで戻った。

芳ばしい匂いが漂う皿を見て、勝之進は目尻を下げた。

「おおっ！　こういうのがいいんだよ」

油揚げの中に納豆と葱をたっぷり入れて、楊枝《ようじ》で口を塞いで両面をこんがりと焼き上げた、巾着だ。具に味をつけてはいるが、醤油を少し垂らせば、絶品の肴となる。

勝之進は大きな口で、納豆巾着を頬張り、相好を崩す。お蘭もつられて、笑みを浮かべた。

勝之進の心遣いで、お蘭も酒を少々味わう。差しつ差されつしながら、勝之進はぼやいた。

「赤麻呂の一件、なかなか解決できないんだよなあ！　目をつけてる奴はいるんだが、確かな証はないし、旗本だから取っ捕まえて自白させるってことも難しいしな」

お蘭はさりげなく訊ねた。

「そのお侍様は、やはり赤麻呂さんを抱えていらっしゃったのでしょうか」

「そうみたいだ。小納戸衆で家柄もよいみたいだから、いざとなったら揉み消すこともできるんじゃねえかな。悔しいぜ」

勝之進は腕を組み、溜息をつく。お蘭は、小納戸衆と聞いてピンときた。どうやら勝之進も、宇嵯に目をつけたらしい。

勝之進曰《いわ》く、赤麻呂をもう一度よく探ってみたところ、殺される前頃、宇嵯と日本《にほん》橋《ばし》の料理屋で落ち合っていたことが分かったようだ。その時に何か揉めていたらしく、部屋の外にまで言い合う声が聞こえていたという。

「宇嵯って侍が自ら手を下した訳ではなく、ほかの誰かに殺させたのだろうが、謀ったのは宇嵯ってことだ。なにやら、そんな気がする」

勝之進は、同心の勘を働かせ、宇嵯に違いないと思っているのだろう。お蘭も同じだが、宇嵯のことは初めて聞いた素振りで、よけいなことを口には出さなかった。

お蘭は嫋《たお》やかな手つきで酌をした。

「勝之進様がそう思われるのでしたら、きっとそのお侍様が真の下手人なのでしょう」

「俺の勘を信じてくれて嬉しい。だがいったい、二人は何がもとで揉めたのか。よく分からないんだ。赤麻呂は宇嵯の屋敷に出入りしていたというから、やはり何か秘密を握られて、強請られたので消したんだろうか。そして巧《うま》いこと、罪を優太に被《かぶ》せた、と」

「私も、同じように思います」

お蘭と勝之進の目が合う。勝之進は酒を干し、面持ちを強張《こわば》らせた。

「香奈は優太の恋人だったから、優太から聞いて何か知っているかもしれないと思って、口封じのために攫ったんだろうか。ならば屋敷のどこかに閉じ込められているのか。……あるいは、既に消されちまったか」

お蘭は身を乗り出した。

「生きていらっしゃると信じたいです」

「俺だってそうだ。だが、仮に閉じ込められているとして、俺たち同心は、旗本の屋敷の中に容易には入れないんだ。旗本は目付が統轄しているからな。踏み込むには、上役の許しが必要になるが、香奈がそこにいるという確かな証がない。……無理ってことだ」

勝之進は頭を抱える。顔には、疲れの色が浮かんでいた。お蘭は静かに、酌をする。

勝之進は納豆巾着をゆっくりと味わい、盃に浮かぶ酒を見つめた。

「一件が片付いたら、お蘭と美酒に酔いしれたいものだ」

お蘭は頬を仄かに染め、うつむく。勝之進は盃を傾けた。

「美酒は緑酒《りょくしゅ》とも言うな」

「緑色のお酒って、清国《しん》には本当にあるのでしょうか。私は呑んだことも見たこともございません」

「俺もそうだ。あったら呑んでみたい」

「お茶をお酒に混ぜれば緑色になるでしょうか」

微笑み合いつつ、勝之進がふと声を上げた。

「あ、思い出した！　緑色の帳面だ」

お蘭が首を傾げると、勝之進は懐から紙を取り出した。

「お蘭が言っていたように、赤麻呂がつけていた帳面をもう一度よく見てみたんだ。すると、顧客の一覧を記した帳面の最後に、このようなことが書かれていた。だが、さっぱり訳が分からない」

お蘭は紙を受け取り、目を通す。

「……確かに、意味することがよく分かりませんね。何かの暗号でしょうか」

勝之進は再び腕を組んだ。

「読み解けず、困ってしまっているのだ。顧客の一覧の中には、宇嵯の名前もあった。最後に書かれていたというのが、妙に引っかかる。どういう意味なのだろうか」

お蘭は勝之進の話を聞きながら、謎の文を繰り返し読む。

「文を、写させてもらってもいいですか。読み解けましたら、何かの手懸かりになるかもしれません。お力添えできるか分かりませんが、私も考えてみたいと思います」

「そうしてくれるとありがたい！　写す必要はない、紙を持っていってくれ」

「さようですか。では預からせていただきます。ちゃんとお返ししますので」

「返す必要もない。俺が書き写したものだ。お蘭の知恵を借りようと思ってな」

お蘭と勝之進はまた微笑み合う。お蘭は紙を丁寧に折り畳み、懐へと仕舞った。

勝之進から受け取った紙に書かれていた文章は、確かに謎めいていた。

《橘《たちばな》と穂は馬を実らせ　馬と貝は実らぬも　馬と刀は山をなす　これらの如きが我を富ませるもの也》

何度か読んだだけでは、お蘭もさっぱり意味が分からなかった。

勝之進が帰り、店を仕舞った後で、二階のお蘭の部屋に集まり、皆で頭を働かせた。

皆の真ん中の、大きな皿に盛られているのは、お藤が作った、おかきだ。角餅を小さく切って油で揚げて、醬油を塗したものだが、揚げたては歯応えがよく、堪らぬ美味しさだ。

おかきを味わいながら、紙を眺めて、皆で首を捻る。お藤が言った。

「馬と刀は山をなす、か。馬と刀、というのは、武士を思わせるわ。それが赤麻呂さんを富ませていたというならば、やはり武家を強請っていたということかしら」

お稲が腕を組む。

「でも……馬と貝は実らぬ、って、どういう意味だろう」

お蘭も頭を働かせる。

「貝というのは、公家《くげ》を匂わせない？　確か、昔の公家って、貝合わせとかいう遊びをしていたと聞いたことがあるわ」

「でも、赤麻呂さんに、公家の顧客がいたとは聞かなかったけどね。あ、そうか。公家の子孫の、高家《こうけ》かもしれないね」

高家には、武田《たけだ》氏や織田《おだ》氏など武家の名族のほか、戸田《とだ》氏や日野《ひの》氏のように公家の子孫もいる。お蘭は首を竦めた。

「でも、赤麻呂さんもさすがに高家は強請らなかったでしょうね。何かの秘密を握ったとしても」

「露骨に強請ったんじゃなくて、さりげなく、ちくちくと突いていたのかもよ。貴方《あなた》たちの弱みを知ってるから、私によい思いをさせてください、これからもよろしくお願いします、といったように」

お藤が考えを述べると、お桃が手を打った。

「さすがだわ！　きっと、そういう感じで、名家の人たちを脅かしていたのよ。露骨に脅かされるより、怖いかもしれないわ」

「ああ、確かに、そうね。赤麻呂さんのやりそうなことだわ」

お蘭も同意する。お稲が溜息をついた。

「私たちの勘働きが当たっているとして、武家のみならず公家の子孫まで、よく脅かす気になるよね。いったい、どうやって弱みを握っていたんだろう。家に出入りするだけで、重要な秘密を摑めるものかね」

四人は顔を見合わせ、首を傾げる。お桃が、最初の一文を指して、言った。

「武家、公家、とくれば、《橘と穂は馬を実らせ》の、橘と穂にも、身分の意味があるのかしら」

お稲が答えた。

「橘と穂は、百姓のことを言っているのかもしれないよ」

「ならば、百姓とか公家とか武士が、赤麻呂さんを富ませていたという意味になるわよね。本当に、その人たち皆を強請っていたのかしら？　宇嵯家だけではなくて？　どんな弱みを握っていたというの」

お桃が眉根を寄せる。お藤は少し考え、口にした。

「強請りの意味はなくて、単に彼らから頼まれて、絵を描いて売っていたってことかしら。それでも、赤麻呂さんを富ませる、という意味にはなるわ」

お稲は紙を睨むように見つめ、言った。

「でも……何かおかしな感じがするね。やはり、文には、もっと深い意味があるんじゃないかな」

お蘭が頷いた。

「私も、そんな気がするの。単に絵を買ってもらって儲けていたという意味ならば、こんな回りくどい書き方をしなかったのではないかしら。わざと謎めいた書き方をして、一人で悦に入っていたのでは。赤麻呂さんの薄ら笑いのようなものが、この謎の文には透けて見えるわ」

お桃もゆっくりと頷いた。

「薄ら笑い、ね。確かに感じるわ」

「やっぱり、由緒ある家の人たちを脅かして、いい思いをしていたのかしら。宇嵯家はどんな弱みを握られていたのかしらね」

おかきを齧りながら、お藤が言う。お蘭も一つ摘まんで答えた。

「ちょっとしたことでも、よい家柄の人たちにとっては、醜聞になってしまうこともあるのでしょうね」

「よい家柄だからって幸せとは限らないのね！　なんだか窮屈そうだわ」

「そうだよ、お桃。こんな風に気軽に集まって、夜中におかきをぼりぼり食べることもできないかもしれない」

お稲がおかきを摘まんで渡すと、お桃は口に放り込んだ。

「ああ、美味しい。私、町人でよかったわ」

お桃の笑顔に和まされ、お蘭たちも笑みを漏らす。行灯の明かりの中、侃々諤々《かんかんがくがく》話し合ったが、おかきの皿が空になっても、謎の文の意味は今一つ分からない。

眠くなってきたのだろう、お桃が欠伸を嚙み殺して目を擦る。お稲が不意に口にした。

「そういや六助と七弥が、香奈さんのお父つぁんのことを言っていたよ」

宇嵯に目星をつけているものの、勝之進は易々とは踏み込めないようだった。闇椿も香奈の居場所をなかなか突き止められない。

お蘭たちは香奈が心配で、焦れてきていた。香奈の父親の奈之助のことも気になり、お蘭はこっそり、髪結い床を見にいった。

だが店は仕舞っていた。六助と七弥によると、奈之助は香奈が心配なあまりに、食事が喉を通らぬようで酒浸りになっているという。

お蘭は近所の菓子屋に入り、梅の花を象《かたど》った練り切りを買って、内儀にさりげなく訊ねてみた。

「黄楊屋《つげや》さん、今日はお休みなのでしょうか」

「ああ、あちらはここ暫く店を仕舞っていますよ。……ご家族にいろいろあったようで、ご主人、具合が悪いみたいで」

内儀は顔を曇らせる。お蘭も目を伏せた。

「さようですか」

香奈のことを訊ねてみたいものの、気持ちが沈んでしまって、言葉が見つからない。内儀が溜息交じりに言った。

「もしかしたらご主人、そのうちに店を畳んでしまうかもしれませんね」

奈之助はどうやら躰《からだ》を壊してしまったようだ。香奈のことが気懸かりで、仕事ができる状態ではないのだろう。

お蘭は胸を痛めつつ、訊ねた。

「奈之助さん、お食事はちゃんと召し上がっているのでしょうか」

「今、一人ですからね。どうでしょう。……そういえば、時折、仕出しを取っているようですから、何も食べていない訳ではないと思いますよ」

「さようですか。ならばよかったです」

お蘭は少し安堵《あんど》する。だが内儀も、奈之助は酒で不安を誤魔化しているのではないかと、言った。

奈之助が香奈の無事を諦めて、早まったことなどしないでほしいと、お蘭は願うばかりだった。


夜、皆で練り切りを食べた後、部屋で一人になると、お蘭は障子窓を開けて、夜空を眺めた。弥生《やよい》に入り、三日月が浮かぶ頃だが、三日月は夕刻に西の空に低く上がるも、すぐに沈んで見えなくなってしまう。

月がなくても、星が瞬く夜空は、お蘭の心を慰めてくれた。だが、香奈のことがまた不意に浮かんできて、安否を思い、涙が滲みそうになる。

まだ少し冷たい夜風が、頰を撫でた。お蘭はどうしてか胸がざわめいた。衿元を直しながら、夜空を見る。

——香奈さん……。

星々は美しく、どこからか、ほころび始めた桜の淡い香りが漂ってくる。なのに、お蘭の胸には、不穏な思いが薄墨のように広がっていった。

七

三人娘とお稲は、香奈のことが気懸かりで鬱々としていた。お桃は京也《きょうや》に食事に誘われ、行こうか行くまいか考えていると、お稲に言われた。

「若旦那がせっかく誘ってくださったんだから、気晴らしに行っておいで」

お桃は笑顔で頷き、京也と出かけることにした。

京也はお桃を、日本橋は高砂町《たかさごちょう》の料理屋に連れていった。離れの部屋の窓からは、竹林が見え、木漏れ日が揺れている。鶯《うぐいす》の声も聞こえてきて、風流な趣に、お桃はときめいた。

「今日のお桃ちゃんは一段と可愛いな」

京也に褒められ、お桃は頰をほんのり染めた。

「初めて二人でお出かけするから、おめかししたのよ」

正直に言い、お桃は衿元をそっと直す。薄桃色の小袖に、白花色の帯を結んだお桃を、京也は熱い眼差しで見つめていた。

少して、膳が運ばれてきた。京也と向かい合って、会席料理を味わう。

先附《さきづけ》を出され、美しい盛り方に、お桃は目を瞠《みは》った。赤貝、帆立、独活《うど》、土筆《つくし》に、黄身酢がかかっている。芥子《けし》の匂いもふんわり漂うのは、黄身酢に混じっているからだろう。

赤貝を口にして、お桃はうっとりと目を細めた。京也が微笑む。

「美味しい？」

「とっても！　こんなに素敵なお料理、なかなか食べられないわ」

「よかった。そう言ってもらえると、ご馳走し甲斐《がい》があるよ」

無邪気に喜ぶお桃が可愛いのだろう、京也は優しい目で見つめている。

黄身酢は円《まろ》やかな酸っぱさで、旬の食材の爽やかな味を引き立てる。お桃はあっという間に先附を食べ終えた。

前菜は、蟹真薯《かにしんじょ》、焼き蛤《はまぐり》、百合根《ゆりね》の煮物。いずれも美味しく、特に蟹真薯はお桃を恍惚《こうこつ》とさせた。

料理は、海老《えび》の吸い物、平目の刺身、飯蛸《いいだこ》の桜煮、と続く。品数は多くても、量はさほど多くないので、お桃は次々と食べられる。

鴨《かも》と葱の焼物を夢中で味わい、お桃は感嘆の息をついた。

「凄《すご》いご馳走ね。私だけよい思いをしてしまって、おかあさんやおねえさんたちになんだか悪いわ」

「今度、全員を招待するよ」

　京也に微笑まれ、お桃は目を見開いた。

「本当？　さすが京也さん！　……でも無理しないでね。そのうちでいいわ」

「分かった。まずはお桃ちゃんに気に入ってもらわないとな」

　京也にじっと見つめられ、お桃はふっくらとした頬をまた仄かに染めた。

「京也さんったら」

　京也のしなやかな指が伸び、お桃の口元に触れる。鴨肉の欠片《かけら》を拭って、京也は口に運んだ。お桃の頬はますます赤らむ。

「お桃ちゃん、子供みたいだね。でも、そこがいいんだけれどさ」

「京也さん……意地悪ね」

　お桃が恥じらっていると、仲居が次の料理を運んできた。鰆《さわら》の揚げ物、若芽の酢の物、白味噌《しろみそ》仕立ての留椀《とめわん》、鯛《たい》の白子と木の芽の香の物と続き、〆は鯛ご飯。

　鯛のアラで出汁《だし》を取っているらしく、香りと旨味が凄い。ほぐした鯛がたっぷり入った、ほくほくのご飯を頰張り、お桃は目尻を下げた。

「ああ、頬っぺたが本当に落っこちてしまいそう」

うっとりするお桃の額を、京也は優しく小突いた。

鯛ご飯を食べ終えるとお腹はもう一杯だったが、甘味も運ばれてきた。黄粉《きなこ》と黒蜜がかかった、わらび餅だ。

「お桃ちゃん、大丈夫？　まだ食べられるかい」

京也に訊ねられ、お桃は笑った。

「平気よ。甘いものは、お腹の別のところに入るから」

「それは頼もしいな」

お桃のえくぼを見つめながら、京也も微笑んだ。

わらび餅とお茶をゆっくりと味わいつつ、少し開けた窓の外に目をやる。鶯の声が聞こえていた。

「いいところね。私はずっと質素な暮らしをしているから、こんなところがあるなんて、知らなかったわ」

「また連れてくるよ」

「嬉しい！　……でも、なんだか悪いような気もするわ。こんな高嶺《たかね》の花のお店には、私はきっと相応《ふさわ》しくないもの」

お桃がうつむくと、京也は少し身を寄せた。

「そんなことないさ。料理屋にとっては、美味しいと言って喜んで食べてくれるお客が、最もありがたいのだから。お桃ちゃんは最高のお客だ」

「そうかしら」

お桃は目を上げ、京也を見る。間近だと、整った顔の肌のきめ細かさが、いっそう分かる。京也からは、清々《すがすが》しい、よい香りがした。お桃が思わず目を瞑《つぶ》ると、京也は耳元で囁《ささや》いた。

「お桃ちゃんは私の妹のようなものだ」

いつもの口癖を言いながら、京也はお桃の肩を抱こうとする。どうしてか失踪した母親のことを思い出し、お桃は京也をさりげなく躱《かわ》して、言い返した。

「京也さんにとって、私は妹のようなものでしょ。私にとっても京也さんはお兄ちゃんみたいなもの。兄妹《きょうだい》で、いちゃいちゃしては、いけないわ」

伏せていた目を上げ、京也を見つめる。京也は、ふっと笑った。

「古《いにしえ》の奈良《なら》時代ぐらいまでは、父親もしくは母親が違えば、兄と妹でも子を作っていたよ。名高い人でもね」

物識《ものし》りの京也は、時に、興味深いことを口にする。お桃はその話に妙に気を惹《ひ》かれ、訊ねた。

「たとえば、誰？」

「異母兄妹の、用明《ようめい》天皇と穴穂部間人皇女《あなほべのはしひとのひめみこ》の間には、聖徳太子《しょうとくたいし》が生まれている。用明天皇は橘豊日天皇《たちばなのとよひのすめらみこと》とも言うし、聖徳太子は厩戸皇子《うまやどのおうじ》とも言うな」

京也の話に、お桃は目を瞬かせた。例の謎の文、《橘と穂は馬を実らせ　馬と貝は実らぬも　馬と刀は山をなす　これらの如きが我を富ませるもの也》を、不意に思い出したのだ。

京也が今言ったことに、謎の文中の《橘、穂、ウマ》という語が出てきたからだ。

「え、聖徳太子って、厩戸皇子ともいうの？」

「そうだよ」

お桃は考えを巡らせ、訊ねた。

「厩戸皇子には、子供はいたのかしら」

「子沢山だったよ。蘇我蝦夷《そがのえみし》の姉の刀自古郎女《とじこのいらつめ》との間には、山背大兄王《やましろのおおえのおう》がいる」

「山？」

橘、穂、ウマ、山、ときて、ピンとくる。お桃は真剣な面持ちで、今度は自ら京也ににじり寄った。

「とじこ、って、どう書くの？　昔の人って面白いというか、変わった名前よね。興味深いわ」

京也は些か気圧《けお》されながらも、教えてくれた。

「〝刀〟に、自分の〝自〟に、古いの〝古〟で刀自古だ」

「馬と刀で、山……」

お桃は呟き、さらに身を乗り出した。

「ねえ、厩戸皇子の周りの人たちについて、もっと詳しく教えてほしいの！」

第四章　謎の黒幕

一

京也と会った日の夜、お桃は彼から聞いたことをお蘭たちに話し、皆で考えを巡らせた。京也は、お桃に言ったことを紙にも記してくれたので、それを見ながら察していき、結論に達した。

赤麻呂が遺《のこ》した謎の文、《橘と穂は馬を実らせ　馬と貝は実らぬも　馬と刀は山をなす　これらの如きが我を富ませるもの也》とは、つまりは「家系」を物語っているのではないかと。

京也曰く、橘豊日天皇と穴穂部間人皇女の間には、厩戸皇子ができた。厩戸皇子と菟道貝鮹皇女《うじのかいたこのひめみこ》の間には子供ができなかったが、厩戸皇子と刀自古郎女の間には山背大兄王ができた。

お藤が首を傾げた。

「じゃあ、赤麻呂さんを富ませていたものは、家系ということなのかしら。厩戸皇子のような立派な家系の者たちに取り入って、富を得ていたと」

「そんなことは、分かり切っていたことだよね。やれやれ、謎の文の意味がなんとなく摑めても、さほどの収穫はなかったか」

お稲が溜息をつく。お蘭は、勝之進から預かった紙と、京也が記してくれた紙を交互に眺めながら、ふと思い出し、お桃に訊ねた。

「ねえ、お桃が占い師のところへ行った時、平安時代のご先祖様の絵が飾ってあったと言っていたわよね」

「ええ。賀茂儒行の姿絵と一緒に」

お蘭は、ゆっくり頷く。閃《ひらめ》いたのだ。

「もしかしたら赤麻呂さんは、裏稼業で、武家や商人たちの偽の家系図を作っていたのではないかしら」

お桃は目を瞬かせ、お蘭の言葉を繰り返した。

「偽の家系図?」

「そう。家系図を作るほか、偽の先祖の姿絵を描くことなどもしていたのかもしれないわ。賀茂儒行が飾っていたご先祖様の姿絵も、古いものに見せつつ、実は赤麻呂が描いたものだったのでは？　偽の姿絵でも大金を得ていて、羽振りがよかったのではないかしら。それに……偽の家系図や姿絵の秘密を摑んでいれば、武家や商家を強請ることもできるもの」

ほかの三人は顔を見合わせ、喉を鳴らした。お稲が膝を乗り出す。

「なるほど。赤麻呂さんが出入りしていた家が揃いも揃って名家だったというのは、そういう訳か！　その者たちに頼まれて、赤麻呂さんが家柄を改竄《かいざん》していたんだね」

「ええ？　そんなことできるの」

目を丸くするお桃に、お藤が言った。

「偽の家系図屋がいるっていうのは、聞いたことがあるわ。確か、家康公が幕府を開いた頃から需要があるのよね」

お蘭は頷いた。家系図というのは、武士にとっては経歴書のようなものだ。仕官する時には主君となる者に、出自や家柄が分かる家系図を必ず提出することになっていて、それによって武士の俸禄や出世などが決まる。

家系とは重要視されるものであり、よりよく見せようと、躍起になる者たちがいた。名家に繫がるような嘘《うそ》を、家系図に盛り込もうとしたのだ。こうして家系図の捏造《ねつぞう》、改竄が行われるようになり、稼業として引き受ける偽の家系図屋たちが密かに蔓延《はびこ》っていった。

思い出したように、お稲が手を打った。

「そういや、幕府が始まった頃、有名な偽家系図屋がいたっていうよね。えらく手の込んだ偽家系図を作って、また、よく売れたそうだ」

お蘭も、亡き両親から聞いたことを、思い出した。

「確か、沢田何某《さわだなにがし》という人よね。身分が低くて、出世を望めないことを嘆き、まずは自らの家系図を捏造してしまったというわ。その偽家系図を使って、藩に仕官しようとしたものの、ばれて逃げることに。以後は、偽家系図作りを稼業にしていたそうよ」

お蘭が言うところの沢田何某とは、沢田源内《げんない》のことである。源内は、室町時代に作られた『尊卑分脈』を利用して、『大系図』という全三十巻の偽家系図まで記し、評判を呼んだ。だが幕府は家系を詐称した者を処罰するなど、取り締まりを強化した。源内は逃げ回りながら、最期まで偽家系図を作り続けたという。

お桃はお蘭を見つめ、肩を竦めた。

「さすが、おねえさんは武家の出だけあるわ。物識りね」

お蘭は苦笑した。

「昔、親に聞いたことを、思い出しただけよ。父が言っていたわ。このような世の中だと、誰かに頼んで家系図を書き換えるなど、金で身分を買いたくなる者の気持ちも分かる。だが、そうして手に入れても、結局は偽物でしかない。いつばれるかひやひやしながら生きるよりは、己の身の丈に合った生涯をまっとうしたほうがずっとよい。人の道に適《かな》っている、と。……父の隣で、母も頷いていたわ」

真面目だった両親を思い出し、お蘭の胸に影が差す。無実の罪を着せられて、命ぜられるままに藩を去り、無念の思いを秘めて慎ましやかに暮らしていた父親と母親が、どうして殺されなければならなかったのだろう。

面持ちを強張らせるお蘭の肩を、お藤が優しくさすった。

「お蘭のご両親が仰っていたとおりね。今回の一件は、偽の家系図が招いたことのようだもの。作って売っていたと思しき赤麻呂は、殺された。宇嵯主計は、買ってしまったがために弱みを握られ、強請られていたのでしょうね。お互い欲を出したばかりに、泥沼になってしまったみたい」

お稲が顔を顰めた。

「まあ、家系図を改竄したってことが明るみに出れば、玉の輿に乗るはずのお嬢さんの婚礼も危うくなってしまうだろうからね。宇嵯は焦って、赤麻呂を消したんだろうよ」

「そこまでして、娘をよい家柄に嫁がせたいのかしら！　偉い人たちの考えることってよく分からないわ」

お桃は唇を尖らせ、自分で作った大福を頬張る。お藤も大福に手を伸ばしつつ、苦い笑みを浮かべた。

「宇嵯には侍の地位はあるけれど、別に偉い人ではないわよ。その逆でしょう」

「うん。お藤の言うとおりだ」

お稲も同意する。

四人は大福を味わいながら、話し合った。

赤麻呂は、偽家系図作りなどで宇嵯家に出入りしているうちに娘の縁談について知ってしまい、それをネタに宇嵯を強請ったのだと思われた。

——お嬢様が思いのほかよい家に嫁げるのも、私が偽の家系図を作ったからでしょう。先方に知られたくなければ……。

などと言って、脅かしたのだろう。宇嵯はついに耐えかね、優太の仕業に見せかけて、赤麻呂を殺したのではないかと察せられた。自らの手を汚さなくても、家来にやらせるなどして、だ。

深川で聞き込んだ折に、宇嵯も博打を好むことが分かった。同じく博打好きの優太とは、どこかで見知りだったとも考えられ、巧く罪を被せてしまったと察せられた。

お藤が息をついた。

「確かに、赤麻呂が出入りしていた先は名家ばかりで、何かちょっとおかしかったものね。揃いも揃って、っていうのは」

お茶を啜って、お稲が頷く。

「そうなんだよね。真の名家ならば、御用絵師とはいかなくても、それなりの絵師を抱えるだろう。赤麻呂みたいな町の絵師を贔屓にするってことが、不思議だったんだ」

御用絵師とは、幕府や諸大名に仕える絵師のことで、御家人と同様の身分である。

お桃が目をくるりと回す。

「ってことは、賀茂儒行の家柄も嘘だったのかしら！　名門陰陽師《おんみょうじ》の賀茂なんとかの子孫だというのは」

「まあ、ありがちな捏造よね」

お蘭が言うと、お藤も頷いた。

「あり得るわね。ご先祖様が、名高い陰陽師だったと広まれば、お客が続々と集まってきそうだもの。似非《えせ》占い師ならば、恥も外聞もなく、でっち上げるかもしれない」

お桃が首を少し傾げた。

「でも、儒行の占い、少しは当たったのよね。あの謎の文は、緑色の帳面に書かれていた訳だし」

「そうなのよね。だから儒行は、まったくの似非占い師ではなかったのでしょう。名門の出ではないのだろうけれど、それなりの力はあるのだと思うわ」

　お蘭が同意する。お稲がお藤を見やった。

「お藤。お前、役者の雪之介に会った後、こんなことを言っていたよね。赤麻呂が《仮名手本忠臣蔵《かなでほんちゅうしんぐら》》について語ったことが、雪之介は引っかかっていたみたいだ、って」

　お藤は思い出す。

「ああ、そうだったわね。赤麻呂は、あの芝居の筋書きをとても褒めていたんですって。忠臣蔵の一連の人々を、歴史上の大物たちに置き換えるのは、素晴らしい発想だ。置き換えてしまっても、話が巧く纏《まと》まればいいのだ、って。とにかく家柄は大切だ、と言って、にやにやと笑っていたそうよ。……あ、そうか」

　お藤が手を打つと、お稲は頷いた。

「置き換えてしまっても、巧く纏まればいい、ってのは、自分がやっていた家系ので っち上げの言い訳だったんだろうよ」

　三人娘は目と目を見交わす。お蘭が静かに言った。

「赤麻呂さんは偽の家系図を作って、それをネタに武家や商家によい思いをさせてもらい、さらによい思いをしようと強請った挙句に宇嵯に殺められたということで、間違いなさそうね」

「そのようだ」

お稲が頷く。お藤が訊ねた。

「どうする？　宇嵯を捕らえてしまいましょうか」

「沢井《さわい》の旦那は、どう動いているんだろう。お蘭、何か知っているかい」

「勝之進様も、宇嵯を真の下手人と察していらっしゃるようだけれど、旗本を捕らえることは、やはり難しいみたい。焦れてきていらっしゃるわ」

お桃がえくぼを作って、無邪気に微笑んだ。

「ならば私たちで、宇嵯を仕留めてしまいましょうよ」

四人は顔を見合わせ、目を光らせる。お稲が言った。

「旦那に先駆けて捕らえて、また差し出してやろうか。もちろん、私たちの仕業だとは気づかれないようにね」

「そうしましょう。奉行所がぐずぐずしている間に、悪い奴を代わりに仕留めてやるんだから。旦那だって文句は言えないはずよ」

お藤はすっかり乗り気になっている。

「そうよね。差し出して、勝之進様のお手柄にしてあげましょう」

お蘭も微笑む。お桃は少し顔を曇らせた。

「香奈さん、無事でいるといいな。だいたいのことは分かったけれど、どうして優太さんまで罠《わな》にかけられたのかしら。……優太さんは赤麻呂が殺された時、たまたま家を訪れてしまって巻き込まれたのかな。それとも、宇嵯も博打絡みで優太さんのことを知っていて、赤麻呂の長屋に呼び出して、巧く罪を被せたのかしら。どちらなんだろう」

四人は思わず考え込む。暫しの沈黙の後、お蘭は咳払《せきばら》いをし、口を開いた。

「香奈さん、心配ね。ところで優太さんについて、ちょっと考えてみたのだけれど……」

お蘭が話し始めると、三人は身を乗り出し、耳を傾ける。三人の面持ちが、変わっていった。

二

四人は話し合ったことを辰雄に伝えた。辰雄の許しを得ないと、仕留めることはできない決まりがある。

「なるほど。そんなからくりだったのか。お蘭、やはり冴《さ》えているな」

お蘭の勘働きに、辰雄はちょっぴり悔しそうな顔をしながらも、宇嵯を仕留めることの許しを出した。

京橋《きょうばし》は加賀町《かがちょう》には、名高い料理屋〈木間野《こまの》〉がある。木間野の二階の窓からは、東に西本願寺《にしほんがんじ》、西に江戸城が眺められる。四季折々の景色を楽しむことができる店には、風流人と呼ばれる者たちが春夏秋冬《ひととせ》に集まっていた。

桜が見頃になってきた、弥生の上旬。夜空には、上弦の月が浮かんでいる。少し開けた窓から、輝く月を眺め、酒を呑んでいる者がいた。

宇嵯主計である。先ほどまで用人の猪原《いのはら》も一緒だったが、見張られているようで窮屈だったので、先に帰してしまった。

酒を干し、宇嵯は厚い唇に下卑た笑みを浮かべた。

「酒は男と呑むものではない。一人か、女と一緒がよい」

脇息《きょうそく》に凭れて呟きつつ、懐から扇子を取り出す。開かずに、額をぽんと打った。

「芸者でも呼ぶか。それともここは切り上げ、岡場所《ご》にでも繰り出すか」

蕨《わらび》の酢の物を摘まみながら、酒を啜って独り言つ。既に頰は赤らんでいた。

以後をどう過ごすか思案していると、仲居が料理を運んできた。

「失礼いたします」

襖が開けられた時、宇嵯は目を瞠った。仲居の後ろを、艶《あで》やかな美女が通ったからだ。紫檀色《したんいろ》の着物を纏ったその女は、宇嵯をちらと見て、真紅の唇に嫣然《えんぜん》と笑みを浮かべた。

白い肌、切れ長の大きな目、成熟した躰。宇嵯は思わず、手にした盃を落としそうになった。

女は宇嵯に会釈をすると、廊下を歩いていった。突き動かされるように、宇嵯は立ち上がろうとした。だが仲居は襖をぴしゃりと閉めてしまった。

襖のほうに目をやったままの宇嵯に、仲居は膳を出した。

「鰆の巻繊《けんちん》焼きでございます。ごゆっくりお召し上がりくださいまし」

この料理は、鰆の旨味と、卵の円やかな味が交ざり合い、垂涎《すいぜん》の一品である。椎茸や人参《にんじん》、三つ葉などを卵と一緒に炒《いた》め、鰆に載せて、焼いて作る。

好物を目の前に出され、宇嵯は我に返るも、先ほどの女が気に懸かって仕方がない。

仲居が部屋を出ると、宇嵯は腰を上げ、襖をそっと開けてみた。だが、女の姿はなかった。

——ここで働いている女ではないだろう。客に違いない。芸者には見えなかったが、素人だろうか。にしては、やけに色っぽかった。どこぞの大旦那の、妾《めかけ》だろうか。

宇嵯は肉づきのよい顎を撫でながら、考えを巡らせる。

——妾ならば、誘ってみれば乗ってくるかもしれん。触れなば落ちん、という風情だったものな。……あの目つき、俺に気がありそうだった。

都合よく考え、宇嵯は舌舐《したな》めずりして、にんまりと笑う。

――また通りかかるかもしれんな。

そう思い、襖を半分ほど開けておくことにした。

女が気に懸かり、芸者を呼ぶことも、岡場所に遊びにいくことも忘れてしまう。宇嵯は手酌で呑みながら、廊下に目をやる。

鯖の巻繊焼きを半分ほど食べたところで、また女が廊下を通るのが目に入った。脇息に凭れていた宇嵯は、思わず姿勢を正す。

部屋の前を通り過ぎる時、女は再び、悩ましい眼差しで宇嵯を見て、意味ありげな笑みを浮かべた。宇嵯は躰が火照ってくるのを感じつつ、目をぎらつかせながら笑みを返す。

声をかけようとしたところで、女はまた、すっと歩いていってしまった。

――あれは絶対に俺に気がある。間違いない。

得体の知れぬ確信を抱き、宇嵯は手酌で酒を三杯干した。鼻息を荒らげながら、どうやって女に近づくかを考える。

仲居がまた料理を運んできて、目を瞬かせた。

「襖、開けっ放しでよろしいんですか」

「いい。そのままにしておけ」

「かしこまりました」

仲居は首を傾げつつ、鴨と葱の焼き物を置いていった。鴨も、宇嵯の好物である。薄く切った鴨を一口に頬張り、目を細めた。

「脂がよく乗っているものは、やはり旨いな。鴨も、女も」

唇を舐め、にやりと笑う。あまりの美味しさに酒が進んでしまい、そろそろ自制が利かなくなってきそうだ。

皿を空にする頃に、例の女が再び通りかかり、またも妖艶な笑みを浮かべて宇嵯に流し目を送った。紅《あか》い唇を少し舐め、豊かな胸と腰を振り振り、歩いていく。

宇嵯の鼻の下は、すっかり伸びていた。躰もますます熱くなる。

――あの女、よほど俺に誘ってほしいとみえる。据え膳食わぬは男の恥、よ。

宇嵯は徳利を空にすると、おもむろに腰を上げた。先ほどからの女の動きで、左隣の部屋にいることは分かっていた。

女がいると思しき部屋の前に立ち、宇嵯は洟《はな》を啜って、咳払いをした。少しの間の後、中から返事があった。

「はい」

やや低めの、鼻に少しかかった甘い声だ。あの女に違いない。宇嵯は、再び咳払いをしてみせた。

襖が開き、女が顔を出した。間近でみるといっそう麗しく、躰から花のような芳香が漂っている。宇嵯はごくりと喉を鳴らした。

女は宇嵯に微笑み、一礼した。

「お侍様、先ほどは失礼いたしました」

「いや、別に失礼なことなどされていない。だがやけに目が合うので、挨拶しておこうと思ってな」

女は目を見開き、顔をぱっと明るくさせた。

「まあ、お侍様が自ら？　たいへん光栄ですわ」

無邪気に喜ぶ女の素直さが可愛く、宇嵯はますます相好を崩す。

「いや、隣の部屋のようだし、これも何かの縁かと思ったのだ。まあ、ひとつ、よろしく」

「こちらこそよろしくお願いいたします」

女は深々と頭を下げる。大きく抜いた衣紋《えもん》から覗く白いうなじに、宇嵯の目は釘付けになる。女はゆっくりと顔を上げ、切れ長の目を光らせ、また微笑んだ。

「ここで話しているのもなんですから、中にお入りになりませんか。ご迷惑でなければ、一杯だけでもご馳走させてくださいませ」

女に手招きされ、宇嵯は吸い込まれるように中に入り、襖を閉めた。

行灯の明かりの中、宇嵯は女と向き合い、目尻を下げた。女は豊麗という言葉がまさに相応しく、悩ましい魅力に満ちている。

「お酌させていただいてよろしいですか」

女に小首を傾げて訊ねられ、宇嵯は大きく頷く。

「もちろんだ」

「ありがとうございます。……あ、でも、盃は一つしかございません。仲居に頼んで持ってきてもらいますね」

女が立ち上がろうとすると、宇嵯は引き留めた。

「お前さんが呑んでいた盃でよい」

「そんな。私が口をつけたものをお侍様が使われるなど、滅相もございません」

女は恐縮するも、宇嵯は盃を取り上げた。

「私がよいと言っているのだから、よいのだ。気にすることはない」

そして盃を女に差し出す。女は恥じらいつつ、嫋《たお》やかな手つきで酌をした。

宇嵯は笑みを浮かべ、女を舐めるように見ながら、酒を啜る。たちまち一杯干し、熟柿《じゅくし》臭い息を吐いた。

「実に旨い」

「よろしかったです」

　女は真紅の唇に笑みを浮かべ、また酒を注ぐ。女の唇の横にある小さな黒子《ほくろ》が、やけに悩ましい。

　宇嵯はいい気分で味わいながら、訊ねた。

「一人で食べにきたのか」

「はい。このお店を気に入っておりますので」

「お前さんぐらいの女だったら、連れてきてくれる男がいるだろう」

「いないとは申しませんが、一人で味わうのも乙なものです」

「一人同士、こうして、新しく知り合うこともできるからな」

　宇嵯はにやけながら、女の顔を覗き込む。女は笑みを返した。

「さようでございますね。お侍様のような素敵な殿方とお会いできますなんて、またとないことですわ」

　女の言葉に、宇嵯は頬をますます緩める。だが女は小さな溜息をついた。

「でも私、そろそろ帰らなくてはなりませんの。明日は早くから、出稽古に行かなくてはなりませんので」

「出稽古？　ふむ、お前さんは何か教えているのか」

　女は姿勢を正した。

「私、浅草寺《せんそうじ》の近くで三味線の師匠をしております、佳《か》つ清《きよ》と申します。近くの商家のお内儀様たちにもお教えしております」

「ほう、三味線の師匠か！　どうりで粋な感じがすると思った。弟子も多いだろう」

「暮らしていけるほどの糧は得させていただいております」

「こんな店に一人で来られるぐらいだ。儲かっていると分かる。男の弟子もいるのか」

「男女、半々ぐらいです」

宇嵯は顎を撫でつつ、佳つ清を見つめる。

「三味線か。私もちょいと習ってみたいな」

佳つ清は懐から、名前と在所を記した紙を取り出し、宇嵯に渡した。

「いつでも遊びにいらしてくださいませ。お待ちしております」

「ふむ。受け取っておこう。私は宇野《うの》と申す。佳つ清、今後も、ひとつよろしくお願いする」

宇嵯はさりげなく名前を偽りながら、盃を女に返し、酌をした。

「まあ、宇野様に注いでいただけますなんて。恐れ多いです」

肩を竦める佳つ清に、宇嵯はにやりと笑った。

「ぐっと干してくれ。おお、よい呑みっぷりだ」

佳つ清は一息に干し、艶めかしい目で宇嵯を見る。

「お別れしますのは寂しいですが、ここでは人目もございますので、またゆっくりと」

「おお、分かっておるぞ」

宇嵯は締まりのない顔で、幾度も頷く。佳つ清は潤む目で宇嵯を見つめ、甘い声で訊ねた。

「いつ頃、お越しいただけますの？　なるべく早く、お会いしたいですわ」

「本当に可愛い奴だのう。では明後日の夜ではどうだ」

「ありがとうございます。ところで宇野様は、どのあたりにお住まいなのでしょうか」

「うむ。神田のほうだが」

「では、明後日の六つ（午後六時）過ぎに、八《や》ツ小路《こうじ》に駕籠を向かわせます。お乗りになって、お越しくださいませ」

八ツ小路とは、神田川に架かる昌平橋《しょうへいばし》の前に広がる、交通の要衝だ。中山道《なかせんどう》など八つの道が集まっているがゆえに、そう呼ばれる。

「なんと！　駕籠を用意してくれるというのか」

「宇野様に来ていただけるのですから、それぐらいのことは、させてくださいませ」

佳つ清に優しく微笑まれ、宇嵯はもう、天にも昇る心地だ。

「分かった。明後日、必ず行こう」

「ありがとうございます。お食事とお酒もご用意して、おもてなしさせていただきますね」

「おお、楽しみで仕方がない」

宇嵯は厚い唇をそっと舐める。佳つ清は宇嵯を上目遣いでじっと見つめ、右手の小指を差し出した。

「お約束してくださいませ。忘れては嫌ですわ」

佳つ清はまさに白魚のような指を、宇嵯の指に絡めてくる。宇嵯はあらゆるところが漲《みなぎ》り、ついに堪え切れなくなって押し倒そうとしたところで、佳つ清はすっと立ち上がった。

「お待ちしておりますわね」

囁くような声で言い、甘い香りを残して、佳つ清は帰っていった。

三

その頃、お蘭は奈之助が気懸かりで、こっそりと髪結い床《どこ》を訪れていた。店はずっと仕舞っているようだ。

上弦の月が浮かぶ夜、お蘭は黒い頭巾を被り、黒い着物を纏った姿で、小さな提灯を手に、様子を窺う。静まり返っている髪結い床の周りを、提灯で照らす。

何かが落ちていることに気づき、お蘭は目を光らせた。

宇嵯主計は、佳つ清との約束どおり、翌々日の夜にこっそりと八ツ小路へと赴いた。

そこに佇《たたず》んで見回していると、駕籠かきに声をかけられた。やけに眉毛が太くて濃い。

「あの、宇野様でございやすよね」

宇嵯は咳払いをして、小声で答えた。

「そうだが」

「お待ちしておりやした。師匠のもとへお連れいたしやす」

駕籠かきは礼儀正しく、恭しく礼をする。宇嵯は、悪い気はしなかった。

「うむ。よろしく頼む。浅草寺の近くだよな」

「はい、さようでございやす」

駕籠かきに促されるまま、宇嵯は駕籠に乗る。駕籠かきは同じような背格好の者がもう一人いて、やけに眉が細くて薄いが、そちらも礼儀正しい。乗り込んだ宇嵯に、眉が薄いほうが、瓢箪《ひょうたん》を渡した。匂いで、注がれているのは酒だと分かる。

「よろしければ、お運びする間、お召し上がりくだせえ」

「おお、気が利くではないか」

宇嵯は頬を緩め、早速、口をつけた。

駕籠に揺られながら、宇嵯は大名気分で酒を呷った。徐々に眠くなってきて、船を漕ぎ始めた。時間と場所の感覚が、完全に失われる。

駕籠かきはもちろん、六助と七弥だ。二人とも眉に化粧を施し、人相を巧みに変えている。宇嵯が眠ったことが気配で分かり、二人は顔を見合わせ、にやりと笑った。

催眠効果のある生薬は、酒に混ぜると効き目が早いようだ。

二人は宇嵯を、浅草寺ではなく池之端のほうへと運んだ。

六助と七弥は、頼み人を辰雄のもとへ運ぶ時にも、これに近い遣り方をする。辰雄に指定された場所へ、頼み人が赴くと、駕籠が待っていて、駕籠かきに扮《ふん》した六助と七弥に声をかけられる。頼み人は目隠しをされて駕籠に乗せられ、隠れ家へと運ばれるのだ。この時、六助たちは、わざと遠回りをして運ぶ。依頼人に、闇椿の隠れ家の場所を気取られないようにするためだ。細心の注意を払いながら、六助と七弥は、務めを果たしていた。

闇椿の隠れ家の前に着くと、六助は宇嵯を揺すり起こした。

「宇野様、着きやしたよ」

宇嵯は目を擦りながら、大きな欠伸をした。

「うむ。……少し寝てしまったみたいだな」

「師匠が中でお待ちです」

七弥が宇嵯に微笑む。

佳つ清の艶やかな姿を思い出すと、宇嵯は急に眠気が冷めたようだった。いそいそと駕籠から下りて、家の前に立つ。中からは明かりが漏れていた。

「格子戸を叩いてみてくだせえ」

六助が言うと、宇嵯は言われたとおりにした。すぐに軽やかな足音が聞こえてきて、戸が開いた。

「いらっしゃいませ。お待ちしておりました」

瑠璃色《るりいろ》の着物を纏ったお藤が、佳つ清に成り済まして迎える。宇嵯は目尻を下げた。

「ごゆっくりお楽しみくだせえ」

六助と七弥は宇嵯に恭しく一礼する。

戸が閉まると、六助が声を低めて七弥に話しかけた。

「ねえ、七。宇嵯って、どう思う?」

七弥は鼻を鳴らした。

「嫌よ、あんなギラギラしたの」

「あら、あんたならいけると思ったけれど。だってあんたが贔屓の桂雲先生だって、ギラギラしてるじゃない」

「ギラギラの質が違うのよ！　ああいう、こってりしてるのは駄目なの。先生は、コクがあるのよ」

「違いが分からないわ」

「いいのよ、あたしは分かってんだから」

「それはともかく、お藤もたいへんねえ。如何《いか》にも助平そうな親爺《おやじ》を相手にしなくちゃならないなんて」

「ふふ、案外ああいうのもいけそうだけれどね、お藤。毎度、色気をぷんぷんさせちゃってさ」

「女って、嫌ね」

「ほんとよ」

六助と七弥は薄笑みを浮かべて、手を握り合う。月は日毎《ひごと》に丸みを帯びてきていた。

お藤は宇嵯を居間に通し、向かい合った。

「宇野様、お越しくださり、ありがとうございます。嬉しくて堪りませんわ」

お藤は今宵も衣紋を大きく抜いた姿で、恭しく一礼する。白いうなじに目をやりながら、宇嵯はだらしなく頰を緩めた。

「いやいや、かしこまらんでもよい。気楽にやろう」

宇嵯はそう言いつつ、居間を眺め回し、顎を撫でた。

「なかなか広い家ではないか。まさか一人で住んでいるのか」

「女中がおりますが、通いで勤めておりますの。今日はもう帰ってしまいました」

お藤が流し目で見ると、宇嵯はにやけた。

「ふふ、気が利く女中ではないか」

「あら。私が帰したんですよ」

「佳つ清……本当に可愛い奴め」

宇嵯は息を微かに荒らげ、お藤ににじり寄る。お藤はすっと身を躱し、腰を上げた。

「まずは、お酒とお料理をご堪能なさってくださいませ。お楽しみは、ゆっくりと、ですわ」

宇嵯は鼻の下をだらりと伸ばし、夢を見ているかのような面持ちだ。

「ふふ、今宵はもう帰れないな」

「帰しませんわ。……宇野様、おとなしくお待ちくださいまし」

お藤は宇嵯に妖しく目配せし、居間を出ていく。襖が閉じられると、宇嵯は顎を頻《しき》りにさすりながら、唇を舐め回した。

宇嵯が躰を小刻みに揺すりながら待っていると、お藤は盆を持って戻ってきた。

「心ばかりのものですが、お召し上がりください」

お藤に出された皿を眺め、宇嵯は声を上げた。

「おおっ、どちらも大好物だぞ！」

舌舐めずりをする宇嵯を見て、お藤は微笑んだ。出した料理は、白魚と三つ葉の卵綴《と》じと、蛤と菜の花の酒蒸しだ。

「喜んでいただけて嬉しいですわ。お酒に合う料理を考えました」

お藤は宇嵯に盃を握らせ、淑やかに酌をする。自分の分も注ぎ、盃を傾け合った。

宇嵯が一息に干すと、お藤は大袈裟《おおげさ》にはしゃいだ。

「まあ、お殿様、素晴らしい呑みっぷりでいらっしゃいます」

「ふふ、駆けつけ三杯、か」

宇嵯は調子よく言って、盃を差し出す。お藤は酒をなみなみと注いだ。

宇嵯は一気に三杯干し、額に手を当てた。

「今宵の酒は、べらぼうに旨い！」

「お殿様、素敵！」

二人は顔を見合わせ、笑い声を上げた。

宇嵯は豪快に呑み、食べる。白魚の卵綴じを頬張り、宇嵯は相好を崩した。

「酒が進む味だが、徳利を三本も用意しおって。佳つ清、私を酔わせてどうするつもりだ」

「あら。お殿様をここに閉じ込めてしまおうなんてこと、考えておりませんわ」

宇嵯はにやりと笑って、お藤の白い頬を指で突く。

「ふん。本当は考えているんだろう。企んでいることをすべて言ってみろ」

「まあ。お殿様を私だけのものにしてしまおうなんて、そんな大それたこと、考えてもいません」

お藤は宇嵯をさりげなく躱しつつ、嫋やかに酌をする。宇嵯は徳利を奪い、お藤に注いだ。

「私ばかりでなく、佳つ清も呑め。お前が羽目を外すところを見てみたい」

「あら、そんな。お殿様、意地悪ですわ」

お藤は眉を八の字にしながら、きゅっと一息に干す。宇嵯はまた注ぎ、お藤はまた干す。お藤は息をつき、衿元を押さえた。

「いけません……ああ、躰が熱い」

「どうした。酔っ払ったか」

宇嵯は下卑た笑みを浮かべる。お藤にとってこれぐらいは水を飲んでいるようなものので、ただ酔ったふりをしているだけだ。

しかし宇嵯はちっとも気づかず、お藤に呑ませ、手酌で自らも呑んだ。

お藤は宇嵯の前で、悩ましく身をくねらせた。

「お殿様、私、もう駄目ですわ。ご勘弁くださいまし」

「何を言う。まだまだいけるだろう。今宵はともに呑もうぞ」

宇嵯は真に酔い始めたのか、呂律が回らなくなってくる。でもお藤は酔ったふりをしているだけで、まったく正気であった。

お藤は宇嵯にすかさず酌をして、そっと凭れかかった。

「座っていられなくなりましたら、お殿様、ここで一緒に眠りましょうね」

宇嵯は酒を啜ってお藤の肩を抱き、しみじみと言った。

「いやあ、佳つ清みたいな美女に会えたから、あんな狐《きつね》のことなどすっかり忘れられそうだ」

お藤は宇嵯の手を払い、姿勢を正すと、艶《なま》めかしく微笑んだ。

「ふふ。狐のせいで、八洲赤麻呂を殺めたって訳ですね」

急に酔いが醒《さ》めたかのように、宇嵯の顔色が変わった。

「な、なんでそのことを！」

お藤は何も答えず、切れ長の目を光らせ、宇嵯を見やる。宇嵯は押し殺した声を出した。

「貴様……いったい、何者だ」

お藤は黙ったまま、笑みを浮かべる。

宇嵯は狼狽《うろた》え、逆上し、お藤に摑みかかろうとした。

既《すんで》のところで、天井裏から二羽の烏《からす》が舞い降りた。否、烏ではない。黒い小袖を尻《しり》絡《から》げにして黒い股引《ももひき》を穿《は》き、黒い頭巾を被った、お蘭とお桃だった。二人とも身軽でしなやか、まさに鳥のような動きだ。

突然現れた黒装束の二人に、宇嵯は目を剝く。酒が廻《まわ》っているので、速やかには動けない。逃げようとする宇嵯をお桃が押さえつけ、羽交い締めにした。宇嵯が叫んだ。

「な、なんだお前らは!」

お蘭は鋭い目で宇嵯を睨み、凜《りん》とした声を響かせた。

「天に隠れて悪行三昧、この闇椿がお仕置きよ」

宇嵯が目を見開く。お蘭は彼の顎を、しなやかな脚で、勢いよく蹴り上げた。宇嵯はたちまち目を回し、伸びてしまった。

お藤、お蘭、お桃は目と目を見交わし、拳を握って、満面に笑みを浮かべた。

翌日の早朝、日本橋の前に、宇嵯が転がされていた。日本橋といえば五街道の起点であり交通の要所、人が集まるところだ。朝晩はまだ肌寒いこともある時季に、宇嵯は褌《ふんどし》一枚の姿だった。

手ぬぐいで口を塞がれ、背中に紙が貼りつけられている。紙には、赤い文字でこう書かれてあった。

《絵師の八洲赤麻呂を殺めた、真の下手人。よく取り調べるべし》

宇嵯の傍らには、真紅の椿の花が一輪落ちていた。

駆けつけた勝之進は、顔を顰めた。同僚も苦々しい面持ちで、話しかける。

「謎の仕置き人たちの仕業のようですね」

「闇椿に、また先を越されたって訳か」

勝之進は忌々しそうに、口をへの字にした。今までにも、同心たちがなかなか手を出せなかった下手人たちを、代わりにこうして白日の下に晒《さら》してくれたことが何度かある。

謎の者たちは、寒い時季には紅色の椿を、暖かな時季には白い椿を、ほかの時季には精巧な造り物の椿を、必ず残していく。彼らはいつからか人々に、闇椿と呼ばれていた。

法に基づくと、勝之進たち町奉行所の者たちは、同じ侍であっても旗本や御家人の屋敷には踏み込むことはできない。

だが、旗本や御家人が罪を犯して町地に逃げ込んだ場合、あるいは町地で犯罪を起こした場合は、その侍の上役にあたる頭が若年寄に上申すれば、若年寄が町奉行所に侍の捕縛を命じることがある。

町奉行所の役人は、通常は旗本や御家人を捕らえることはできないが、この場合は「御下知者《おげちもの》」として特別に捕らえることができるのだ。

闇椿たちが旗本を派手に懲らしめて、罪状を記した紙などを背中に貼って、目立つ場所に放っておくと、つまりは町中での騒ぎとなる。人が集まってきて、町奉行所に伝わり、旗本の上役の耳にも入ることになるのだ。

すると上役は、このような場合はあまりにみっともなくて、配下の旗本の醜態を庇《かば》いきれず、若年寄に、しっかり調べてほしいと上申することになる。そして若年寄が町奉行所に命じて、捕縛からの取り調べ、といった流れになるのだ。

宇嵯は酒の匂いを漂わせながら、褌一枚で転がされ、口元から涎《よだれ》を垂らしている。

宇嵯の上役も庇い切れずに、間違いなく上申すると思われた。

勝之進は心のどこかで闇椿に感謝しつつ、強面《こわもて》を顰めて、呟いた。

「いつか正体を暴いてやるぞ」

弥生も半ばを過ぎ、桜が満開になってきた。薄紅色の彩りが江戸の町に華やぎを添え、人々は春を楽しみ、名所に押しかける。

花蝶屋でも桜の切り枝を花器に生け、店のあちこちに飾っている。今の時季に出す、塩漬けの桜の花びらにお湯を注いだ桜茶は、お客たちに喜ばれた。

高価な食紅を使って作る桜団子は、一日に出せる本数が限られているが、毎日あっという間に売り切れてしまう人気だった。

店を仕舞って今日の儲けを数えながら、お稲はほくほく顔だ。仕事ぶりを褒められ、三人娘も笑みを浮かべる。

帳簿をつけ終えると、お稲は高らかに言った。

「さあ、この調子で、もう一仕事いこうか！」

「よっしゃあ！」

三人娘は声を揃え、拳を掲げた。

四

江戸だけではなく、各地が薄紅色に染まる頃。武州《ぶしゅう》は秩父《ちちぶ》で、まだ若いながらも老舗酒造の内儀として、生き生きと日々を過ごしている女がいた。女は酒造の主人の後妻に収まり、何不自由のない暮らしを送っている。

今朝も食事を済ませると、二十も歳《とし》の離れた夫に凭れかかって甘えた。

「ねえ、旦那様。そろそろ藤色の着物がほしいわ。帯も揃えて作っていいかしら」

夫は目尻を下げつつ、首を傾げる。

「困った奴だな。少し前に、桜色の着物を作ったばかりではないか」

「あら、旦那様ったら。桜の次は、藤の季節でしょう。それに備えて一枚ほしいのよ。お洒落《しゃれ》は先取りしなくちゃ」

女は澄ました顔で答える。夫は若妻の額を、指で優しく小突いた。

「我儘《わがまま》ばかり言いおって。ま、仕方がないな。作りなさい、一枚でも二枚でも」

女は顔をぱっと明るくさせ、夫にしがみついた。

「旦那様、嬉しい！　……ますます好きになっちゃいそうよ」

「可愛い奴め」

夫は若妻の華奢《きゃしゃ》な肩を抱いた。

夫が仕事に出かけると、女は上機嫌で女中を呼んだ。

「昼過ぎに呉服問屋に行くから、付き添って。お銚子一本と烏賊《いか》の塩辛も持ってきて。すぐにね」

「かしこまりました」

女より十ほど年上の女中は、またか、といったように首を竦める。女は女中を眺めて、ふふんと笑った。

「お末《すえ》、あんた、相変わらず時化《しけ》た顔をしてるわねえ。あんたを見てると、烏賊の干物を思い出すわ」

「……お内儀様、先日は私のことを、くさやの干物みたいと仰いましたが」

「あら、そうだったかしら。いずれにせよ、あんたは干物みたいな女ってことよ」

何がそれほど可笑《おか》しいのか、女はお腹を抱えて笑う。女中は唇を尖らせ、恨めしそうな目で若い内儀を見た。


女中が酒と塩辛を運んでくると、女は盆を持って、屋敷の離れを訪れた。もともとは客人を泊めていたところなので、しっかりとした造りだ。戸を何度か叩くと、開かれ、男が顔を見せた。女は男に微笑み、盆を差し出す。

「お父つぁん、はい」

「いつもありがとよ」

男は頰を緩める。どうやら二人は、親子のようだ。

娘は離れの中に入り、暫し、父親と話をした。父親は朝から酒を啜り、目を細めた。

「お前のおかげで、こんな暮らしができるんだものなあ。ありがたいものだ。持つべきものは美人の娘、か」

父親はそう言いながら、娘に酌をする。二人は目と目を見交わし、にたりと笑った。

娘は酒を一息に呑み、唇を舐めた。

「お父つぁん、私に感謝してね。お父つぁんの言うとおりよ。可愛く生まれたおかげで、私の人生ちょろいもんだわ！」

「おう、まさにそうだな。ちょろい、ちょろい」

二人は高らかに笑い、朝日が差し込む離れの中で、盃を傾け合った。


女は午後《ひるご》になると、女中のお末をお供に、呉服問屋へと赴いた。新しい着物を作ってほしいと言うと、主人自らが反物をいろいろと持ってきて見せてくれた。

「これがいいかしら」

お目当ての藤色の反物を胸元に当て、鏡を見る。主人は褒めそやした。

「お内儀様は何色でも着こなしてしまわれますが、藤色は特にお似合いですねえ」

「少し地味かもと思ったけれど、そうでもないわね」

「はい。ですが、濃い藤色よりは、淡い藤色のほうが、よりお似合いになられるとは存じます。淡いほうが、お内儀様のお若さと、みずみずしいお美しさがいっそう引き立ちますので」

「あら。じゃあ、淡い藤色の反物も見せてくれる？」

「かしこまりました。……こちらなどは、如何でございましょう」

「ふうん。素敵じゃない」

主人に手厚く対応され、若い内儀は鼻高々だ。女中はその様子を眺めながら、時折、小さな溜息をついていた。

結局、着物を三枚、帯を三本作ってもらうことにして、女は上機嫌で呉服問屋を後にした。

帰り道は、既に薄暗くなっていた。

「話し過ぎてしまったようね。早く戻りましょう」

急ぎ足で歩きながら、満開の桜の木の下で、女はふと立ち止まった。

「ねえ、駕籠を拾わない？　なんだか疲れてしまったわ」

女はそう言って振り返ったが、後をついてきたはずの女中の姿がなかった。

「あら？　お末？　お末はどこ」

女中の名を呼ぶも、返事はない。急に女中が見えなくなり、女は驚き、不安になる。江戸で生まれ育って、秩父に来たのはつい最近なので、このあたりの地に明るい訳ではないのだ。女中は途中ではぐれてしまったのだろうか。それとも……どこかで倒れているのだろうか。誰かに気絶でもさせられて。

薄暗い中、女はきょろきょろとあたりを見回す。風が吹き、自分の名を呼ぶ声が、どこからか聞こえた。

「香奈さん」

女は目を瞬かせる。生暖かな風が吹き、桜の枝が揺れて、女の黒髪に、花びらが舞い落ちた。

甘やかな香りが漂い、忍び装束を纏った三人の美女がどこからともなく現れ、若い内儀を取り囲んだ。


女の父親は、居酒屋でのんびりと過ごしていた。蛸の桜煮を味わいながら、きゅっと一杯。息をついて、目を細める。

娘の嫁ぎ先の離れの部屋で起居するようになって、さほど経っていないが、もう前の暮らしに戻る気にはなれない。三食に昼寝つき、娘の夫からお小遣いももらえるので、こうして外に呑みに行くこともできる。

――髪結い床のちまちました仕事など、やってられんわ。

いい気分でほくそ笑み、男はさらに酒を呷った。

半刻（およそ一時間）ほどして、男は居酒屋を出た。千鳥足で歩いていると、声をかけられた。

「あの……」

男は振り返り、声の主を見た。娘よりも少し年上ぐらいだろう、頭巾を被っているが、麗しさが漂っている。だが眼差しには、緊張が感じられた。女は続けて言った。

「たいへんです。お嬢様が、呉服問屋からお帰りになる際、悪者たちに連れ去られました」

「なんですと？」

男は急に酔いが醒めたかのように、面持ちを強張らせた。女は頭巾から覗く目で、男を真っすぐに見つめた。

「お嬢様が囚われていると思しきところへ、ご案内いたします。参りましょう」

「早く連れていってくれ」

男は頷き、女と一緒に足を速めるも、酔いが回って走ることはできない。女の後を、必死で追いかける。だが途中で、男は不意に立ち止まり、女に訊ねた。

「どうしてあんたに、悪者たちの居場所が分かるんだ」

夜桜が舞い散る中、女は男を振り返った。男は形相を変え、女を睨める。女も頭巾から覗く大きな瞳で、男を見つめた。二人はともに身構え、暫し眼差しをぶつけ合う。

生暖かな夜風が吹き、桜の花びらが一枚、女の頭巾に舞い落ちた。

男は雄叫《おたけ》びを上げて、素手で女に襲いかかった。女はさっと身を躱し、男の頬を勢いよく叩いた。女は、お蘭である。

憤怒の面持ちで、男は再びお蘭に殴りかかろうとする。お蘭はすかさず男の鳩尾を蹴り上げ、蹲ったところで背負うような形で投げ飛ばした。

桜の木にぶつかり、男は完全に伸びてしまった。ぐったりとした男に、花びらが降りかかる。

お蘭は頭巾を取り、笑みを浮かべた。淑やかで華奢であるが、力は意外にも強いのだ。


次の日の朝、若い内儀は襦袢《じゅばん》一枚で、彼女の父親は褌一枚で、それぞれ縄でぐるぐる巻きにされた姿で、人々が集う宿場町の本陣の前に転がされていた。背中には、赤い文字で何か書かれた紙が貼ってある。

内儀は香奈であり、父親は奈之助だ。

一連の一件を謀り、裏で操っていたのは実は香奈であったと、三人娘とお稲たちは途中から薄々気づいていた。一番初めに勘が働いたのは、お蘭であったが。

香奈が都合よく消えたこと、宇嵯という名前にすぐに結びつくようなわざとらしい手懸かりを残していったこと、さらに謝礼金に六両をぽんと払ったことなどを合わせて考えるうちに、思い当たった。

お蘭が勘働きを話すと、ほかの三人も同意し、皆で頭を働かせ、一件の真相を推察していった。

だがあくまで推測でしかなかったので、昨夜、二人を仕留めると、六助と七弥にも手伝ってもらって荒れ寺へと運び込み、白状させた。

真夜中の荒れ寺で、蠟燭を一本照らし、三人娘は香奈と奈之助を取り囲んだ。三人とも頭巾を被り、忍び装束の姿だった。香奈と奈之助は、縄でぐるぐる巻きにしていた。六助と七弥は、誰か来ないか見張りをしながら、その様子を眺めていた。

お蘭が口火を切った。

――香奈さん。貴女は実はとんでもない女狐で、赤麻呂に襲われそうになったなどというのも真っ赤な嘘だったのでは？　もしや赤麻呂に綺麗に描いてほしくて、自ら売り込み、自ら迫って関係を持ったりしていたのではないかしら。

香奈は顔を青褪《あおざ》めさせながら、恨めしそうにお蘭を見た。口は閉じたままだった。

次はお藤が言った。

――ところが赤麻呂が段々しつこくなってきて、邪魔になってきたんじゃない？　そんな時に、赤麻呂の裏稼業のことを知ったのでしょう？　寝物語に、赤麻呂が強請っている武士のことも知ったのではないかしら。自信に満ちた貴女は、武士にも近づいた。それが宇嵯主計だったのね。

お桃が後を続けた。

――宇嵯も貴女にすぐさま夢中になって、お小遣いまでくれるようになったのではないかしら。そういうことをしている娘、昨今は意外に多いと聞いたわ。貴女は、助平親爺の宇嵯も手懐け、赤麻呂についても、あることないこと言ったんでしょう。たとえば、こんな風に。……私も赤麻呂に酷い目に遭っているの、あいつは私を襲おうとしたのよ、って。宇嵯に、赤麻呂を消すよう、そそのかしたんだわ。

お桃の可愛い声には、怒りが籠っていた。お蘭は腕を組み、額に汗を滲《にじ》ませる香奈を、見下ろした。

――宇嵯も赤麻呂は腹に据えかねていたでしょうし、貴女に骨抜きにされていたこともあって、貴女の案に乗り気になったのね。貴女は、宇嵯が操れると、ほくそ笑んだに違いないわ。加えて……優太さんを消すことも、宇嵯にけしかけたんでしょう？貴女、優太さんのことも、実は面倒になってきていたんじゃない？

香奈は唇を嚙み締めた。楚々とした面影は消え失《う》せ、ふてぶてしさに満ちていた。

父親の奈之助も同様だった。

香奈が怪しいと気づいたお蘭たちは、奈之助も必ず動きを見せるだろうと思い、辰雄に見張りを頼んだ。

辰雄は引き受け、桂雲と六助と七弥が、交替で務めた。お藤が宇嵯を手懐けていた夜、お蘭が髪結い床を訪ねてみると、店の前に真紅の椿が一輪落ちていた。奈之助が動きを見せたという、合図だったのだ。その時に見張っていたのは七弥で、奈之助の跡を尾《つ》けたと思われた。

七弥は巧みに働き、奈之助の行き先を突き止めた。そこは、香奈の嫁ぎ先である秩父の老舗酒造だったのだ。

嫁ぎ先から酒が鱈腹《たらふく》送られてきて、奈之助は酒浸りになっていたと察せられた。

七弥は秩父でも見張りを続け、香奈らしき女がつい最近嫁いできて、若い内儀として収まっていることも摑んだ。

報せを受け、お蘭たちは推測を確かにしていったという訳だ。

お藤は蠟燭を持ち、香奈を照らして言った。

――赤麻呂と爛《ただ》れた関係を結んでいた頃から、貴女には既によい縁談が降って湧いていたのでしょう？　今の旦那さんに、後妻の座に収まってほしいと希《のぞ》まれて。赤麻呂に描いてもらった錦絵が、貴女の美人の誉れを広めたのね。

お桃も腕を組んで、香奈と奈之助を見下ろした。

――縁談には、お父つぁんも大いに乗り気だったのでしょう？　お父つぁんにも力添えしてもらって、貴女は邪魔な男たちを少しずつ片付けていくことにしたのよ。自分の手を汚さずに。とんだ女狐ね。

香奈は顔を上げて、お桃を睨んだ。香奈の歪《ゆが》んだ顔は、薄らと笑みを浮かべているようにも見えた。

お蘭たちは、香奈は宇嵯を甘い言葉でそそのかしたのだろうと、推測していた。

優太に赤麻呂殺しの罪を着せて、消してしまえば、貴方様には決して疑いがかからない、などと囁いて。宇嵯は可愛い香奈の言いなりになり、赤麻呂を殺し、優太を現場に巧みにおびき寄せ、目撃者を作っておいてから、自殺に見せかけて橋から突き落として殺めたに違いない。宇嵯自身ではなく家来にやらせたかもしれないが、指示したのは宇嵯であろう。

お蘭は香奈を睨めた。

——同心が踏み込んだ時、優太さんの様子がおかしかったというけれど、もしや貴女、変なものを食べさせたんじゃない？

あの日、勝之進が見張っていたところ、優太は五つ半（午後九時）を過ぎた頃に帰ってきたという。もしや香奈の家に寄って、夕餉を食べてきたのではないかとも考えられた。優太は確かに博打のことや、赤麻呂の死を目撃したなど、後ろ暗いところはあっただろう。だが勝之進から話を聞いた限りでは、その時には明らかに錯乱していたようにも思えた。

お蘭は香奈を見据えた。

――蕗《ふき》の薹《とう》だと嘘をついて、代わりにハシリドコロを使った料理を、優太さんに食べさせたんじゃない？　ちょうど時季だったもの。ハシリドコロと蕗の薹は、似ているのよね。

ハシリドコロをうっかり誤食すると、幻覚症状に襲われ、酷い時には死に至る。錯乱して走り回る状態になることから、その名がついたと言われていた。

黙ったままの香奈に、お桃が唇を尖らせた。

――赤麻呂と優太さん、邪魔な二人がいなくなり、貴女は安堵したでしょうね。ところが今度は宇嵯がしつこくなってきたんでしょ？　貴女が老舗酒造のご主人に嫁ごうとしていることを摑んで、脅かしてきたんじゃない？

見張りをしていた七弥が急に口を挟んだ。

――あんたのご主人、あんたより二十ほど年上らしいけれど、結構、二枚目だものね。それを知ったら、宇嵯はいっそう怒ったに違いないわよ。宇嵯はお世辞にも二枚目とは言えないもの。カッとして、あんたをいたぶりかねないわ。

六助も、宇嵯の声色を真似て、合いの手を入れた。

――お前のこと、相手にすべて話してやる。嫌なら、おとなしく言うことを聞け。

贅沢《ぜいたく》させてやるから。……なんて凄んで、あんたを脅かしたんじゃない？　で、あんたは、今度は宇嵯を仕留めてもらわなければ困ることになったんでしょ。

——嫌よねえ！　たかが十七の娘に、大の男が鼻の下を伸ばして振り回されてさ。阿呆《あほ》らしいったらありゃしない。

六助と七弥が眉間に皺《しわ》を寄せると、香奈は仏頂面で、ちっと舌打ちした。

お蘭が後を続けた。

——貴女は宇嵯に脅されて、表向きには縁談を断り、宇嵯の言うことを聞いているように見せかけつつ、こっそり闇椿に頼んだのね。真の下手人、つまりは宇嵯を仕留めてもらうために。それで完全に、貴女にとって邪魔な男たちが消えるものね。

お藤は蠟燭で、また香奈を照らした。香奈は顔を顰め、再び舌打ちした。

——奉行所に頼めば、宇嵯が捕まった時の取り調べで、貴女のことを喋りかねない。すると貴女自身も何かの罪に問われる恐れがある。貴女は、それはどうしても避けたかったはずよ。でも仇討ち屋の場合は、宇嵯を仕留めても、自白などはさせずに懲らしめてくれると思ったのではないかしら。ならば自分の罪が明らかになることはないと、貴女は考えたのね。

お桃が唇を尖らせた。

——貴女は、ずっと、恋人を殺されたという、悲しい娘を演じていたんでしょ。仕留めてほしい宇嵯についても、初めからあまり手懸かりを伝えると、怪しまれるだろうと思ったんだわ。いかにも早く特定してほしいと、言っているようなものだもの。

ゆえに香奈は、初めは、怪しい侍が住んでいると思しき場所の手懸かりしか、闇椿には話さなかったのだろう。だが闇椿の仕事の進み具合を見ていて、場所ぐらいの手懸かりでは、やはり探し出せないようだと気づいた。そこで再び辰雄のもとを訪れ、優太が譫言で呟いていたなどと偽った。

香奈は宇嵯を捜し出す重要な手懸かりを与えた後で、煙のように姿をくらました。老舗酒造の若内儀に収まるためにだ。宇嵯には縁談を断ったように見せかけつつ、酒造の主人とは密かに手紙などで遣り取りしていたのだろう。早くおいで、などと言われ、香奈は江戸をこっそり抜け出し、秩父へと行ってしまったと思われた。

三人娘に睨まれながら、香奈は急に笑い出した。甲高く、人を莫迦《ばか》にしたような笑い方に、お桃が頰を膨らませた。

──なにが可笑しいのよ！

香奈は、ふん、と鼻を鳴らした。

──あんたたちの言ったことなんて出鱈目もいいところだけど、万が一に本当だったとして、それが何よ？　私の在処は秩父なのよ。町奉行所の同心が、捕まえるなんてこと、果たしてできるかしら？　秩父の代官に訴えてみる？　でも、証なんてどこにもないわよね。

お蘭たちは香奈を見据えた。面持ちも、口調も、声色も、辰雄と面談した時の香奈とは別人のようだ。

六助が、闇に声を響かせた。

――正体見たり。

続けて七弥が、狐の啼《な》き声を真似してみせた。

香奈の企みに、お蘭たちだって気づいていた。もし宇嵯が捕まって自分のことを喋ったとしても、秩父が在処であれば町奉行所の管轄外となり、自分を捕まえることはできないだろうと考えたに違いない。

香奈が言うとおり、もし町奉行所の者たちが、秩父の代官に訴えたとしても、確かな証がない。また、香奈は宇嵯をそそのかしただけで、自らの手を汚した訳ではない。代官だって捕らえることは難しいと思われた。

もし自分のことを話されたとしても、香奈は、宇嵯にはどうしても捕まってほしかっただろう。いつ追いかけてくるか分からないし、真に安心することはできないからだ。宇嵯は旗本なので奉行所は手こずるだろうと考え、先に仇討ち屋たちに仕留めてもらおうと、闇椿に頼んでから、さっさと秩父に嫁いでしまったと思われた。

頭巾の下で、お蘭は微かな笑みを浮かべた。

——狐の嫁入りだったという訳ね。ご苦労様。

お藤は切れ長の目を光らせた。

——すべては貴女の思惑どおりに運び、自分は玉の輿に乗り、邪魔になった男たちは消える、あるいは捕まることとなったのね。大したタマじゃないの。

黙って聞いていた奈之助が、突然、くっくっと笑い出した。お藤が蠟燭で照らす。奈之助は皺の多い顔を醜く歪めていた。

——そうさ。うちの娘は、大した女だ。あんたらは無論、町方の役人たちだって敵《かな》いやしないさ。美人には世間が甘いんだ。大目に見てくれるんだよ。

お蘭が優しい声で訊ねた。

——大目に見てもらえるようなことを仕出かしたと、お認めになるんですね。

——惑わされた男たちが悪いんだ。うちの娘が何をした？　ただ、奴らを魅了したってだけじゃないか。

父親の言葉に、香奈は微かな笑みを浮かべた。お桃は真摯な声を、香奈にぶつけた。

——貴女のことを心配していた人たち、たくさんいたのよ！　私たちだって……。恋人を喪った貴女を、励ましたいと思っていたのに。可愛いふりを、悲しいふりをしていたっていうのね。心配して損したわ。嘘つき！

お桃が、縛り上げた香奈の肩を揺さぶると、お藤が声を響かせた。

――やめなさい。

お桃は、はっとしたように止《とど》まり、お蘭の胸に凭れて、ほんの少し涙をこぼした。お蘭は、お桃のやるせない気持ちが分かり、頭を優しく撫でた。

三人娘は察していた。香奈が闇椿に六両をあっさり払えたのも、貢いでくれた男たちがいたからなのだろうと。父親の店に顔を出して手伝っているだけの娘が、いくらコツコツ貯《た》めたといっても、六両をすぐに出せるようには思えなかったのだ。

香奈についてもう一度調べてみたら、男に対してかなり奔放だったとも分かった。優太もよくヤキモチを焼いて喧嘩《けんか》していたという。六助と七弥が聞き込みをした時に、香奈の知り合いの娘たちがあまりよいことを言っていなかったのは、妬みではなく、単に香奈の本性に気づいていたからなのだろう。

優太が逃げた後、岡っ引きの善五郎が見張っていた時に香奈が取った行動も、すべて芝居だったと思われた。そろそろ自分が見張られる頃だと、気づいていたに違いない。

お蘭は、一件の黒幕だったともいうべき香奈に、最後に言った。

――人を騙し切るのって、やはり難しいわね。男の人の純情を、踏みにじってはいけないわ。……天に隠れて悪行三昧、この闇椿がお仕置きよ。

秩父の贄川《にえがわ》宿は、三峯《みつみね》神社を参詣する人々や、秩父甲州を住環する商人の宿場として栄えている。本陣とは、大名や旗本など、身分が高い者が泊まるところであり、大《おお》旅籠《はたご》屋とも呼ばれる。名主などの居宅が指定されることが多い。

早朝から、贄川宿の本陣の前に、人だかりができていた。うら若き女と、年輩の男が、裸同然の姿で転がされていたからだ。人はどんどん集まってきて、騒然となっていく。

女の背中には紙が貼られていて、真紅の文字で、「香奈」という名前と在処、罪状が簡潔に書かれ、戒めの言葉で〆られていた。

《見てくれだけで騙されては、絶対に駄目　家に災いをもたらす女狐ちゃんに、ご用心あれ》

奈之助の背中に貼られた紙には、こう書かれてあった。

《親狐も仕留めたり　ちょろい人生なんてのは、そんなのどこにもありゃしない》

名主が代官へ報せに走る。香奈の嫁ぎ先にも、手代が向かった。

香奈と奈之助の傍らには、真紅の椿が一輪、落ちていた。

五

一件は落着して、三人娘たちも溜飲《りゅういん》が下がり、仕事にますます身が入った。桜の季節が終わっても、花蝶屋は相変わらず忙しい。

三人娘とお稲は、今日も笑顔で、お客たちをもてなす。お藤が作る料理に、お蘭が淹れるお茶、お桃が作る甘味は、お客たちの舌を蕩《とろ》けさせる。

「花蝶屋はいつ来てもいいねえ！　癒されるよ」

「まあ、ありがとうございます」

お客たちの温かな言葉が、三人娘とお稲をやる気にさせてくれるのだ。

お店を仕舞う頃、勝之進が訪れた。座敷の奥にどっかと腰を下ろした彼を、お蘭がもてなす。

お蘭が淹れたお茶を啜り、勝之進は唸った。

「宇嵯がついにすべてを白状した。驚いたぜ！　奴に取り入って、赤麻呂と優太の殺しをそそのかしたのって、優太の恋人の香奈だったっていうじゃないか！　でも秩父のほうに逃げちまったみたいだし、自分で手を汚した訳ではないから、捕まえられないんだよな。ああ、まったく女は怖いぜ」

勝之進は頭を抱えて消沈する。黒幕が香奈だったことに、衝撃を受けたようだ。

香奈の顚末《てんまつ》については、そろそろ勝之進の耳にも入るだろう。どれほどの罪になるかは分からないが、離縁されることは間違いない。

お蘭は勝之進に微笑みかけた。

「あら、狡《ずる》い女人ばかりではありません。それに悪いことをしたら、いつかはばれるものです。香奈さん、今頃、案外、泣きを見ているのではないでしょうか」

「まあ、そうだと嬉しいな。天が罰してくれると期待しよう」

二人は微笑み合う。お蘭の優しい物腰に、勝之進の心も癒されたようだ。面持ちも穏やかになっていく。

お蘭は気になっていたことを訊ねてみた。

「赤麻呂さんが殺された日、宇嵯はどうやって、赤麻呂さんのもとへ優太さんを呼び出したのでしょうか」

「優太に手紙を送ったらしい。――お前の恋人の香奈は、赤麻呂に襲われた挙句、言いなりにされている。香奈は三日後の夕刻にも、赤麻呂の家を訪ねているだろうから、そこへ乗り込んで赤麻呂と話をつけ、恋人を奪い返すがいい――というようなことを書いてな。香奈の態度になんとなく異変を感じていた優太は、頭に血が上ったんだろう。本気にして乗り込んでしまって、罠にかけられたということだ」

勝之進によると、宇嵯主計は赤麻呂と優太殺しを謀ったものの自ら手を下した訳ではなかったので、島流しに処されるという。だが実際に二人を殺めた宇嵯の家来は、切腹。今回の件で偽の家系図を作っていたことも明るみに出て、宇嵯家は改易となり、娘も破談となったそうだ。

勝之進は首を竦めた。

「ちょっと可愛いだけの女狐のせいで、宇嵯家はとんだことになったもんだ」

「本当に。自業自得とはいえ、ご愁傷様ですね」

お蘭と勝之進は、苦い笑みを浮かべる。お蘭はお茶を注ぎ足しながら、また、さりげなく訊ねた。

「ところで宇嵯主計は、どうして日本橋に転がされていたか、その経緯《いきさつ》については語ったのですか」

「いや、頑として言わなかった。察するに……あまりにみっともなくて、話せなかったのだろう。女は本当に怖い、と呟いてはいたが」

「深くはお訊きにならなかったのですね」

「武士の情けよ」

勝之進は、ふっと笑みを浮かべ、お茶を味わう。一口飲んで、付け足した。

「まあ、謎の仕置き人か仇討ち屋か、闇椿の奴らが仕留めたとは、薄々分かっているがな」

お蘭は、勝之進の精悍《せいかん》な顔を見つめた。

「世間には、いろいろな者たちがおりますね」

「まったくだ。悪者を仕留めて、いい気になりやがって。奉行所に挑戦しているつもりなのか。自分たちが偉いとでも勘違いしてるんだろう。どんな奴らか、いつか必ず突き止めてやるぞ！」

意気込む勝之進に、お蘭は心の中で語りかける。目の前にいますよ、と。

静かな笑みを浮かべているお蘭に、勝之進が言った。

「怒ったら、なんだか腹が減っちまった。何か作ってくれないか。酒もほしい」

「かしこまりました。少しお待ちくださいませ」

お蘭は腰を上げ、台所へと向かう。

手際よく料理を作り、すぐに戻った。

「おおっ、いいねえ」

皿を眺め、勝之進は相好を崩す。茹《ゆ》でた蚕豆《そらまめ》に、タラの芽のお浸し。旬の味わいに舌鼓を打ちつつ、勝之進は酒を呑む。

「蚕豆はほっくり、タラの芽はみずみずしい。お蘭が作るものは、すべて旨い」

「まあ、ありがとうございます」

勝之進に勧められ、お蘭も酒に口をつける。

仲睦まじい二人を、少し離れたところでお藤とお桃が笑顔で見守っていると、背後からお稲の声が響いた。

「あんたたち、ぼんやりしていないで、やることないんだったら台所を先に片付けなさいよ」

お藤とお桃は振り返り、肩を竦める。

「まったく煩《うるさ》いんだから」

唇を尖らせていると、豊海屋の大旦那の悠右衛門が訪れた。

「あら、大旦那様！　いらっしゃいませ」

悩ましい声を上げて、お藤が迎える。悠右衛門は酒を注文し、お藤が作った筍《たけのこ》と若《わか》布《め》の若竹煮に舌鼓を打つ。

「いやあ、絶品だ。お藤はいつも、わしを楽しませてくれる。感謝の念に堪えんよ。そこで、どうだい。今度、一緒に湯治にでもいかないか」

「まあ、素敵！　いつかご一緒できたら嬉しいですわ」

「ゆっくり温泉に浸《つ》かって、お藤と一晩中、酒を酌み交わしたいな。……お藤が酔ってしまったら、わしが膝枕をしてあげよう」

お藤は悩ましい目つきで、悠右衛門を見た。

「あら、大旦那様のほうが先に酔い潰れてしまうかもしれませんわ」

悠右衛門は、ふくよかな頬を、少し掻いた。

「おお、怖い、怖い。その時はお藤が膝枕をしておくれ」

「喜んで」

お藤は艶やかな笑みを浮かべる。悠右衛門はお藤の酒豪ぶりにまだはっきりと気づいておらず、口では怖いと言いつつ、さほど恐れてはいないようだ。お藤に酌をされ、目尻をだらしなく下げている。

お蘭とお藤を眺め、お桃が少々拗《す》ねていると、戸が開いて、京也が入ってきた。たちまち顔を明るくさせたお桃のお尻を、お稲が軽く叩いた。

「しっかりね」

お桃は頷き、満面に笑みを浮かべて、子犬のように駆けていく。

「来てくれたのね！　嬉しい」

京也は微笑んだ。

「お桃ちゃんの顔を見ると、元気が出るな」

「本当？　私もよ。……あのね、京也さんに、お礼を言いたかったの」

「何のお礼だい？」

「ほら、この前教えてもらったじゃない。厩戸皇子のこと」

京也は大きく頷いた。

「ああ。あれが何か役に立ったのかい」

「そうなの。あのね」

急いで喋ろうとするお桃の肩に、京也はそっと手をかけた。

「続きは、座ってから聞こう」

「あ、はい！」

お桃は手で口を押さえる。京也は相変わらず優しい眼差しだ。

「お桃ちゃんが作ったお汁粉を食べたいな。自分の分も、持っておいで」

「ありがとう、京也さん」

思わず京也にしがみつき、躰を離して、お桃は頰をほんのり染めた。

お蘭は勝之進と、お藤は悠右衛門と、お桃は京也と、甘く楽しい時を過ごす。

賑やかな店の中、お稲は三人娘を眺め、今日も繁盛だと悦に入る。

江戸は本所《ほんじょ》、隅田川《すみだがわ》沿い。麗らかなる弥生の候。

水茶屋、花蝶屋、春爛漫《らんまん》。

小学館文庫
好評既刊

恩送り
泥濘の十手

麻宮好

ISBN978-4-09-407328-7

おまきは岡っ引きの父利助《りすけ》を探していた。火付けの下手人を追ったまま、行方《ゆくえ》知れずになっていたのだ。手がかりは父が遺した、漆《うるし》が塗《ぬ》られた謎の容《い》れ物《もの》の蓋《ふた》だけだ。おまきは材木問屋の息子亀吉、目の見えない少年要《かなめ》の力を借りるが、もつれた糸は解《ほど》けない。そんなある日、大川に揚《あ》がった亡骸《なきがら》の袂《たもと》から漆塗りの容れ物が見つかったと同心の飯倉から報《しら》せが入る。が、なぜか蓋と身が取り違えられているという。父の遺した蓋と亡骸が遺した容れ物は一対だったと判るが……。父は生きているのか、亡骸との繋がりは？　虚を突く真相に落涙する、第一回警察小説新人賞受賞作！

小学館文庫
好評既刊

絡《から》繰《く》り心中〈新装版〉

永井紗耶子

ISBN978-4-09-407315-7

旗本の息子だが、ゆえあって町に暮らし、歌舞伎森田座の笛方見習いをしている遠山金四郎は、早朝の吉原田んぼで花魁《おいらん》の骸《むくろ》を見つけた。昨夜、狂歌師大田南畝《なんぽ》のお供で遊んだ折、隣にいた雛菊《ひなぎく》だ。胸にわだかまりを抱いたまま、小屋に戻った金四郎だったが、南畝のごり押しで、花魁殺しの下手人探しをする羽目に。雛菊に妙な縁のある浮世絵師歌川国貞とともに真相を探り始めると、雛菊は座敷に上がるたび、男へ心中を持ちかけていたと知れる。心中を望む事情を解いたまではいいものの、重荷を背負った金四郎は懊悩《おうのう》し……。直木賞作家の珠玉にして、衝撃のデビュー作。

本書のプロフィール

本書は、小学館文庫のために書き下ろされた作品です。

小学館文庫

花蝶屋《かちょうや》の三人娘《さんにんむすめ》

著者　有馬美季子《ありまみきこ》

二〇二五年三月十一日　初版第一刷発行

発行人　庄野　樹
発行所　株式会社　小学館
〒一〇一-八〇〇一
東京都千代田区一ツ橋二-三-一
電話　編集〇三-三二三〇-五九五九
　　　販売〇三-五二八一-三五五五
印刷所――――大日本印刷株式会社

この文庫の詳しい内容はインターネットで24時間ご覧になれます。
小学館公式ホームページ　https://www.shogakukan.co.jp

ISBN978-4-09-407446-8